棒球人生賽 3rd

蠹羊——編繪

登場人物介紹

張關一

武德高中棒球隊隊長，
位置捕手，非常聰明。

郭武義

武德高中棒球隊教練，
不太擅長教學，可是很強。

薛政翟（ㄓㄞˊ）

武德高中新生，非常吵，
跟峰生同班，也是朋友。

林峰生

毫無存在感的巨蟹座男主角，
有極高的投球天賦卻不自知，
被關一挖掘後才開始投球，
沒想到第二戰卻吸引來了
現役最強高中生……

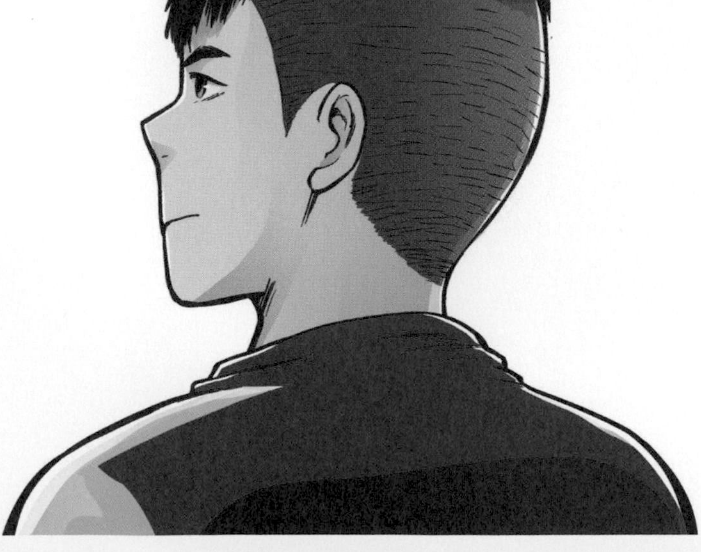

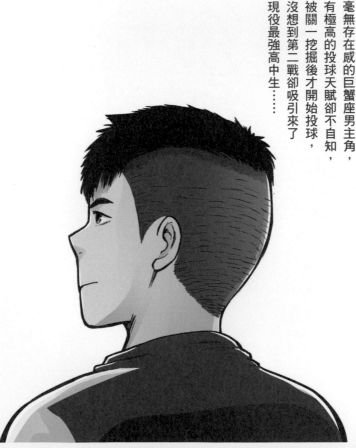

湯德灰

集各種天賦與優異能力於一身的最強現役高中球員，高中以前都在海外讀書打球。因為關一上傳了峰生完封對手的影片而對峰生起了興趣……

湯瑪仕

平南高中棒球隊副隊長，是湯德灰唯一的朋友，目前實力不明。

黃豐英

平南高中棒球隊教練，日職退役，帶兵風格嚴厲，但是對德灰非常頭痛。

前情提要

放長線釣大魚，卻釣上了一頭超強猛獸?! 林峰生初登板就獲得首勝，沒想到隊長將比賽影片放上網路，吸引名校的注意。平南高中總教練為了讓湯德灰專注練球，隨即登門求戰！才剛起步的武德，面對強襲而來的傳統勁旅，要如何打出一線生機？

注：本書內容會出現抽菸、喝酒與騎機車等畫面，
　　請注意未成年者不得從事上述行為。

第15回. 因與果

……
我母校平南高中的教練突然打來……
說想要跟我們進行一場友誼賽，
不知道他們怎麼會突然想……好我知道了。
武德

什麼？要跟平南高中打？
怎麼突然要跟他們打？
真的假的啊，他們很強耶……
哇啊是我大平南高中！
……
幹嘛那樣看我？我臺南人啊。
誰不知道我大平南威名無敵！最強的球員都是從那出來！你看教練也是！
給我脫下你身上那件球衣。
蛤所以我們要跟這麼強的學校打喔？
那我押我們輸三十分以上，被Call Game一人一杯飲料。
你們到底哪隊的啊？
武德
Bú-Tik

跟強隊交流進步才會快啊！你說是吧輝雪？
那傢伙明明就不是球隊成員，
但你這樣做根本是故意要別人誤會他是我們的人。
放心，我知道你會怕湯德灰，不會派你上去投的。
誰怕他！Kàn！我是不爽你把外人當隊員在用！
欸你哥是不是很開心啊。
天曉得。
反正我們這種弱隊根本只有被屠殺的分，
他一定在計畫要怎樣把阿峰拖進球隊。
關一，對方很顯然是衝著影片來的，峰生他……
大丈夫！交給我的膝蓋吧！
……膝蓋？

阿峰！
我們是朋友，對吧？
欸拜託啦——

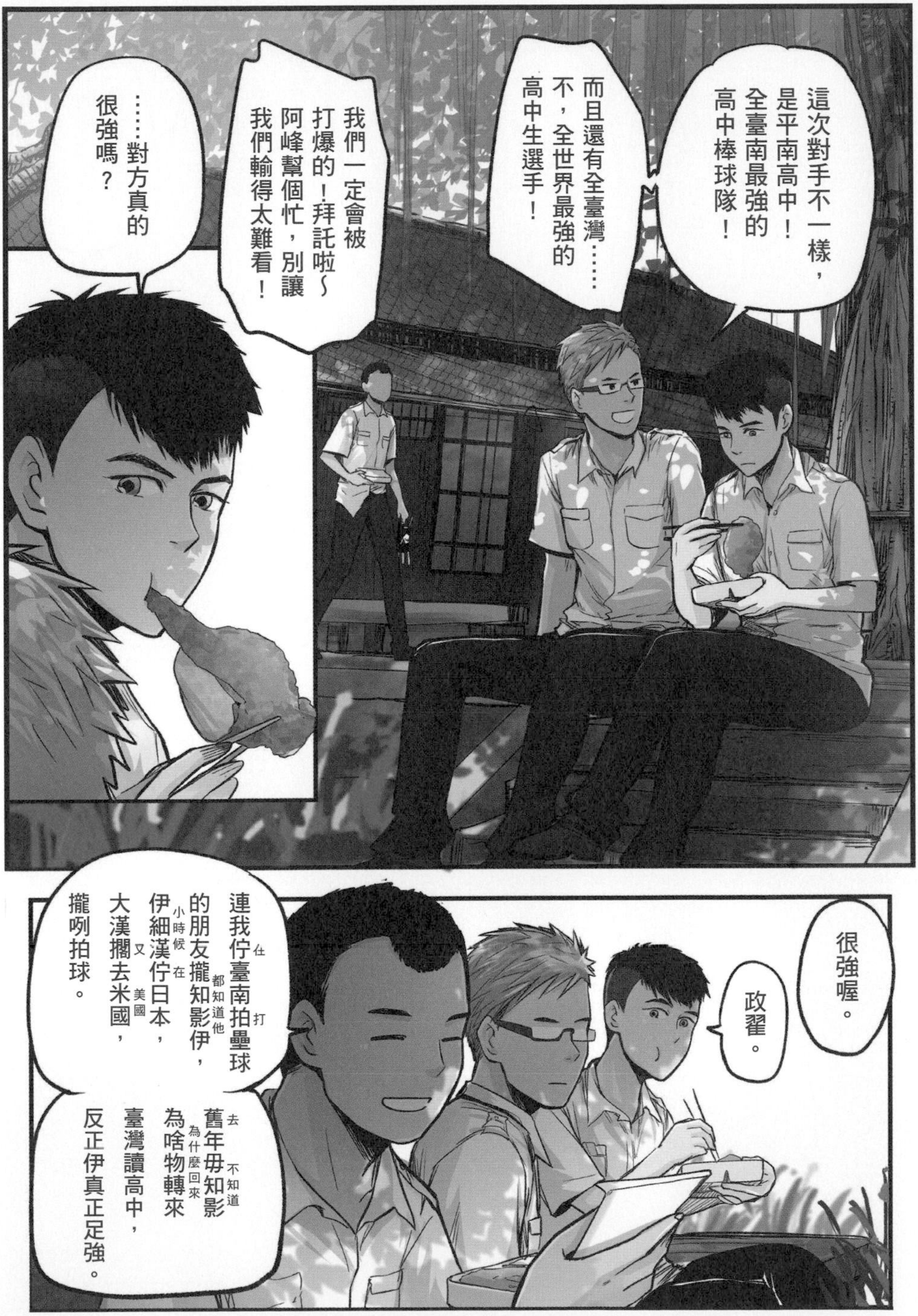
這次對手不一樣，是平南高中！全臺南最強的高中棒球隊！
而且還有全臺灣……不，全世界最強的高中生選手！
我們一定會被打爆的！拜託啦～阿峰幫個忙，別讓我們輸得太難看！
……對方真的很強嗎？
很強喔。
政翟。
連我伫臺南拍壘球的朋友攏知影伊，伊細漢伫日本，大漢擱去米國，攏咧拍球。
舊年毋知影為啥物轉來臺灣讀高中，反正伊真正足強。

騙你的話我頭砍下來給你當球丟啦！
拜託啦～明天下午來幫忙一下！兩點！
可是我還在上課……
反正阿峰都在睡覺，不如去運動一下啊。
呃……
阿峰，我跟你講，
那個湯德灰是遲早會上大師聯盟的男人，你要是丟得好，搞不好會一戰成名耶！
大師聯盟……！

以後他去美國打大師聯盟時，你就可以炫耀自己三振過他啦。
這可是光宗耀祖的成就呢！
聽起來怎麼有點棒！
……要打多久？你知道我要回去擺攤……
放心！不會很久！
學生棒球通常都打兩到三小時。
那這樣不就要打到五點甚至六點？不行啦，我還要載我妹耶！
那不然你不要丟滿，五局就好！
嗚哇～
可是這樣我還要自己搭公車回來！你總不可能比到一半載我回來吧？

拜託！至少投五局！
你也知道臺中公車超難搭的啊——！
我們在老臺中球場打！那邊公車很多！
屁啦！下班時間車超塞的好嗎!?
不然你不要投滿五局！四局就好！
拜託啦！
嚼嚼
本來希望你投滿五局，是因為可以拿勝投，但是根本不可能贏……
以前臺灣高中棒球隊只有一百多支的時候，平南可以連霸冠軍好幾屆，
現在兩百多支球隊，他們還是可以打進前五強沒問題。科班強度跟社團完全不一樣喔。
對方真的很強喔？
對啊。
好像真的很強耶……
我會不會被打爆啊？

我保證，會。
喂。
什麼會你不要亂講，咱阿峰可是隱世大物！
就算對方再強，我們阿峰一定都打得下來！
可是……
三局！
就用三局，讓那傢伙瞧瞧你有多強！
就算咱們毫無勝算，也不能讓對方壓著隨便打！

……
如果對方真的那麼強的話，我可以幫一下。
但是就只投三局！剩下的我不會幫忙！
沒問題！我就知道阿峰人最好了！
……
平南
V.S.
武德

99
10
99 / 99 / 99
99 / 99 / 99
CF

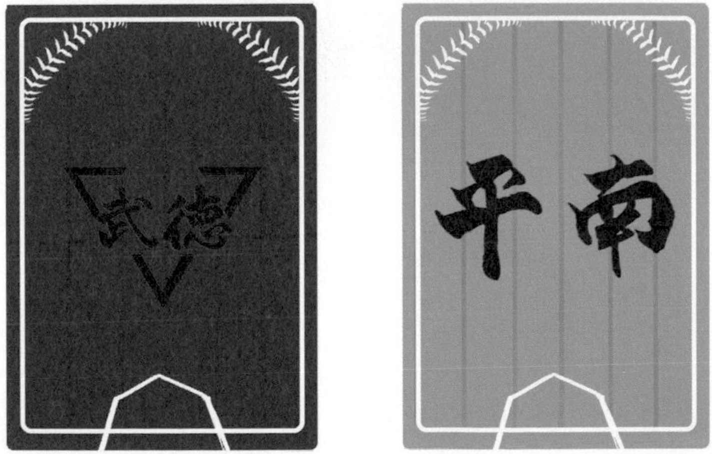
武德
平南

這杯請你，不要生氣啦～
……我沒有生氣啦。
阿峰，你太容易被收買了啦！

第16回. 注定贏不了的比賽

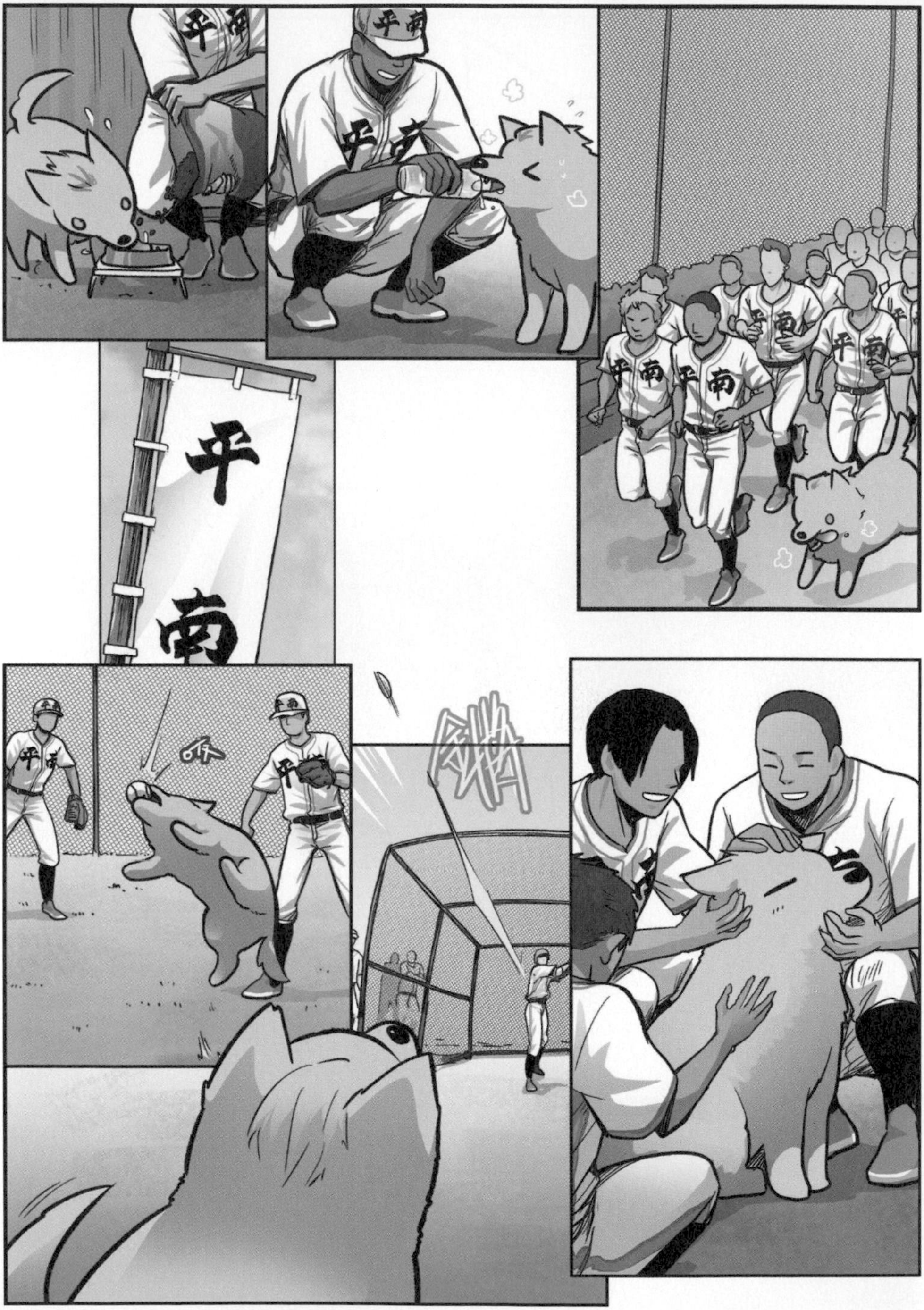
平南

平南
呼ー

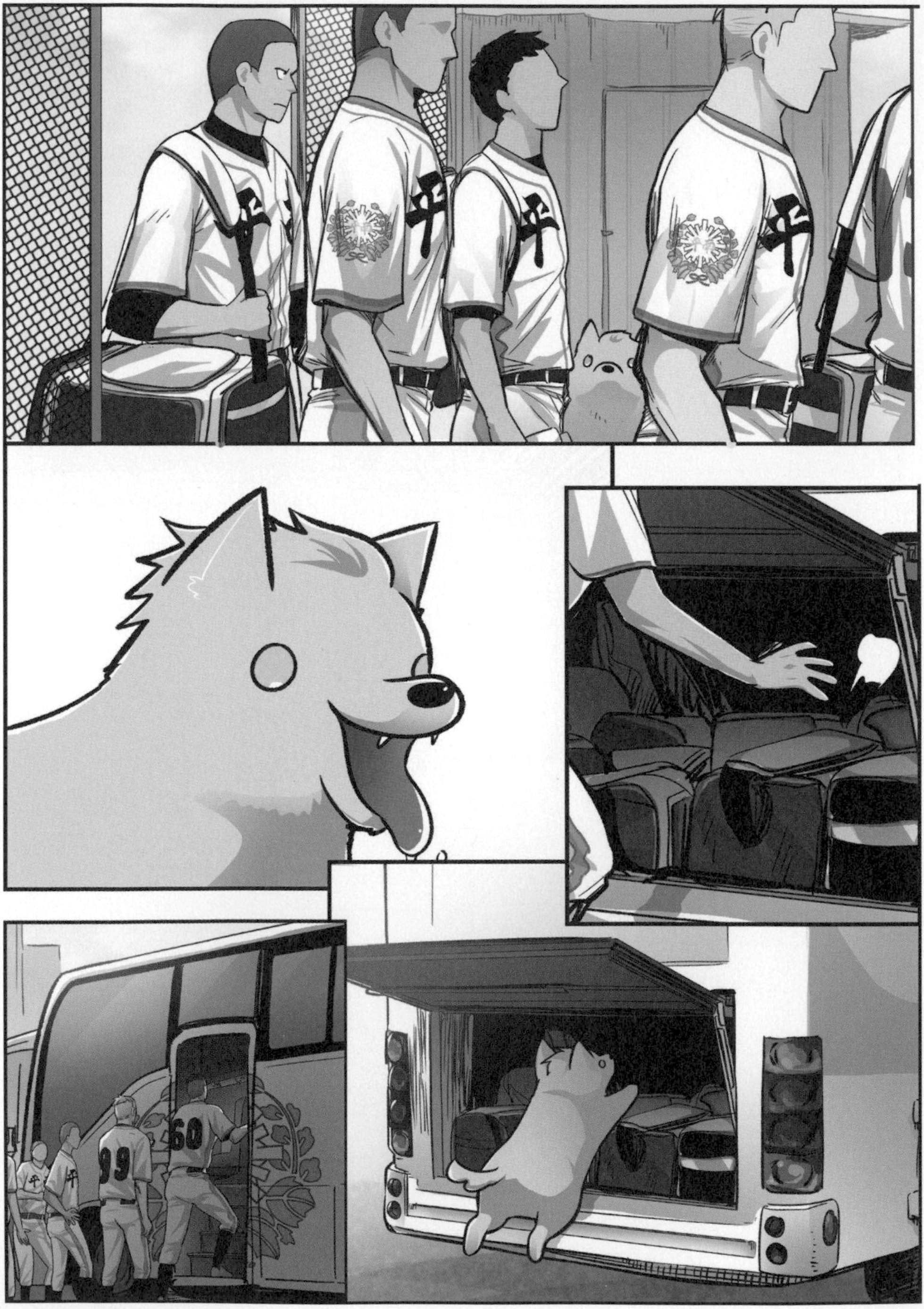

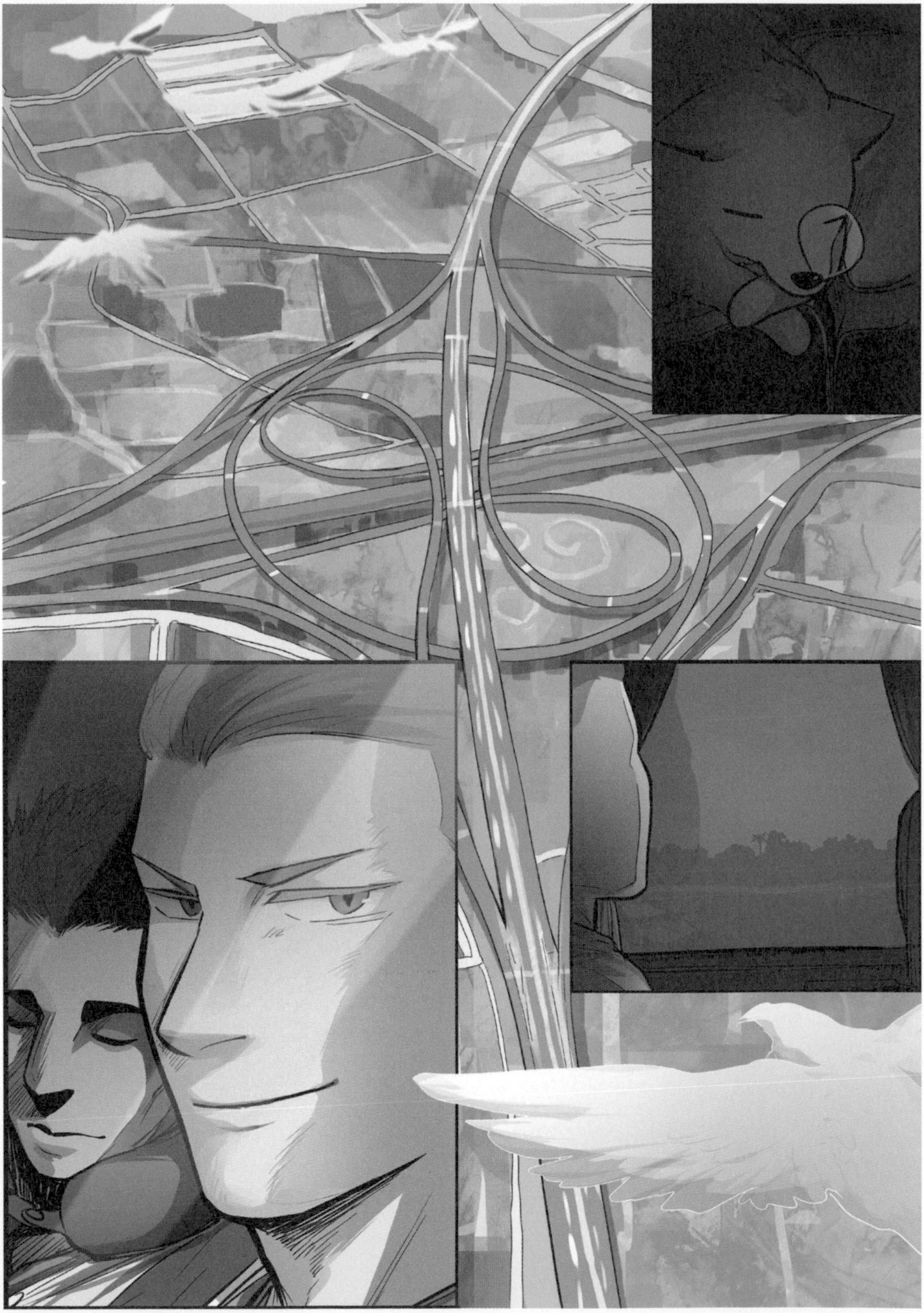

嗄

!
鏘!
什麼聲音?

哇啊！
哪裡出現的狗啊！住手不要舔！
快救我啊！住手笨狗，不要舔！
欸教練……
？
……
哇啊啊～
走開啊～
！

搞定。
不愧是大師聯盟投手……臂力真他馬的有夠強。
阿峰你沒事吧？
沒、沒事……
啊啊啊啊又跑過來了啊！
去撿！
吠
……到底誰養的狗啦？
也太會流口水了吧，
不要一直黏著我啦……
……！

平南

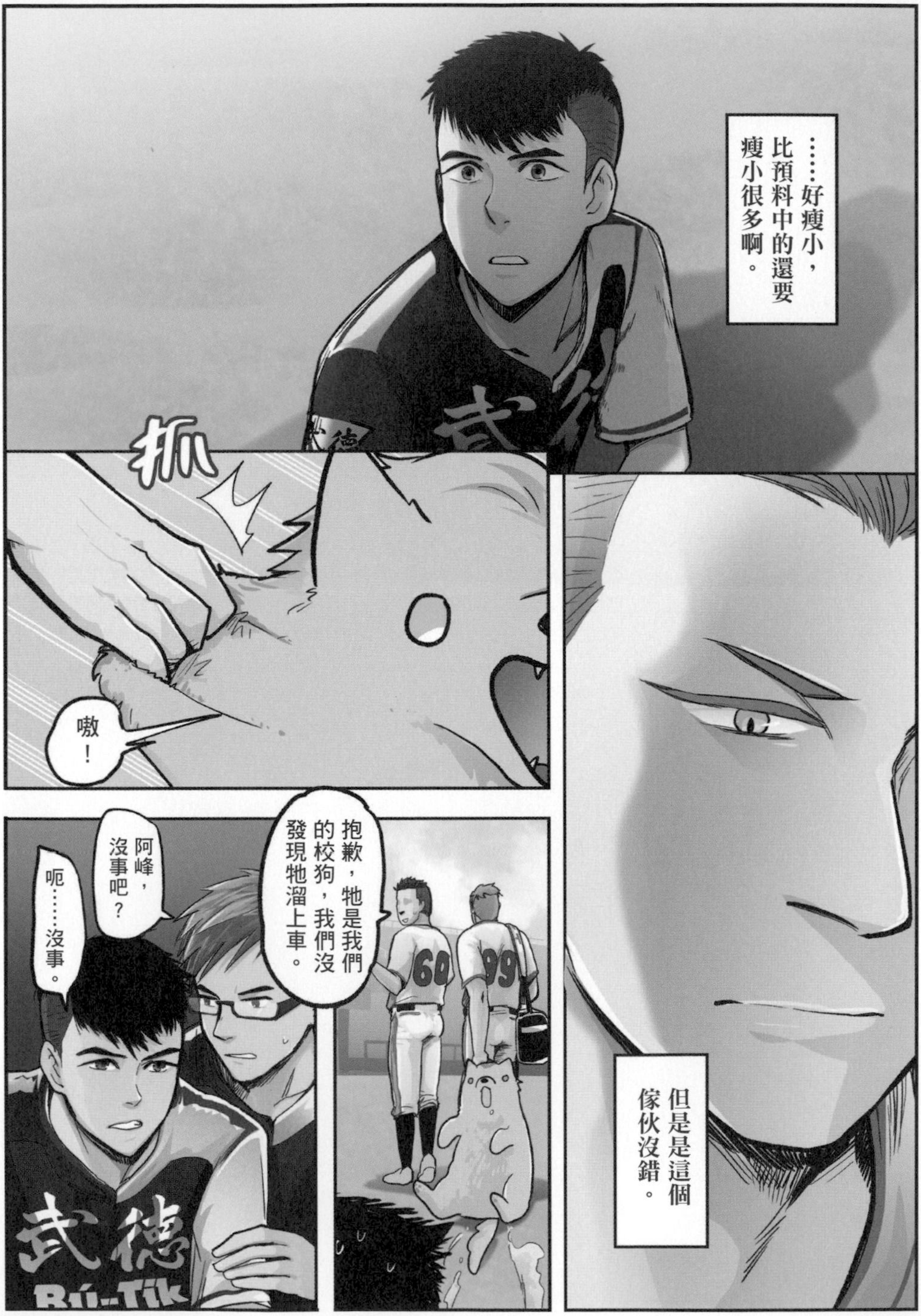
……好瘦小，比預料中的還要瘦小很多啊。
抓
嗷！
但是是這個傢伙沒錯。
抱歉，牠是我們的校狗，我們沒發現牠溜上車。
阿峰，沒事吧？
呃……沒事。
60
99
武德
Bú-Tik

那傢伙就是湯德灰。
嗯，我想也是。
沒想到這麼快就打照面，可別被嚇倒了。
嗯。
走吧，回去喝點水休息。
嗯。
阿峰！
你沒事吧？他有嗆你嗎？
他有沒有給你下馬威？
不要緊吧？
啥？

沒事啦……幹嘛好像我被狗咬一樣啊？
那傢伙比狗還可怕啊！我不是跟你提過一個叫湯德灰的人嗎？
就是你說那個三振他以後可以跟別人炫耀的傢伙？
我有猜到是他。
對！他就是你要想辦法三振解成就的大魔王！
可是他很帥耶，又高又壯，是混血兒嗎？
對喔。
仇恨值馬上就升高啦！
對方有點帥沒錯，但論顏值還是我比較高。
剛剛是誰被嚇得花容失色？
……花你爸！對方不過就高一點，而且又不會可怕！
等你被他幹一發就知道可怕了，不過你是新手，
初生之犢不畏虎也不錯，趁機震撼教育一下。
武德
Bú-Tik

哪有這麼容易……？
呿。
大家表情都好嚴肅……。
……氣氛好像真的不一樣。
那傢伙今天竟然沒有嗆我……
！
黃教練。
呼—
呼—
再十分鐘就開始比賽！

阿其拉。
聽說今天有場很有趣的比賽，我正好有空，就過來看了。
也是因為那支影片？
哈哈哈！
神祕的事物總是有趣！今天的比賽真是讓人期待啊！
來者是客，平南高中先攻！

哇，真的是完全背對耶……
這樣真的能投喔？
STRIKE!
真是奇特的姿勢啊，
不過卻犧牲掉尾勁和速度了。
沒有尾勁也沒有魄力的球，
根本毫無威脅性。
STRIKE!
奧斗！
STRIKE!
不過倒是學會了藏手套，不錯。
別亂丟啦。
奧斗！
就讓我來玩玩他吧。
STRIKE!
STRIKE!

STRIKE!
三振出局！
可惡！
菜鳥，真是沒用啊。
湯、湯德灰學長……
那傢伙的出手點很詭異……
很難抓他的出手點……
那可不是被三球三振的理由。
三人出局、攻守交換！

大家都知道平南有多強吧，
他們甚至只派了一個一軍，就是湯德灰，其他全是二軍；你們知道對面有多看不起我們了吧？
有誰想認輸的？
認輸？
食屎較緊！
比較快
就是這個氣勢，趁他們看不起我們的時候……
給他們奇襲！讓他們混亂！
趁亂要他命！
喔喔喔！
殺他全家、打他媽媽！
殺！

嘿嘿★
最喜歡給人家驚喜了呢★
安打！
欸喂！在搞什麼！
皮在癢啊一年級的！
真是欠教育！
對不起，學長，我沒想到……
竟然被一年級的女孩子尻安打！
跟關一預料的一樣……趁現在！
啊，糟糕……
武德
Bú-Tik

逮到你啦！
平南 0
武德 2
太厲害啦！
扛出去很秋喔！
竟然是武德先馳得點……
這下有趣了。
怎麼會……
跟預料的差好多……

才第一局就被得兩分……
連半個出局數都還沒抓到……
趁機會！繼續進攻！
保持這個氣勢一鼓作氣！
教練也沒給指示……
不喊暫停嗎？
呼
吵死了混帳東西！統統給我拿出幹勁來！

不過才第一局失兩分而已，不准把頭低下來！
給我收起那種懦夫般的喪家犬表情！
是！
好好握緊你手上那顆球！
其他人也是！給我燃起鬥志吧！
是、學長！
可惡，他一吼全隊就瞬間冷靜下來了……
好可怕的氣場……

好不容易上的DeBuff[1]沒了……
不要當成手遊在玩啦。
STRIKE!
雖然他站在外野這麼遠的地方……
嘩
卻連休息區都能感受到他的氣場……
STRIKE!!
嘖！
刷

※1：給敵人負面狀態。

接殺！
攻守交換！
走吧，平常心，保持自己的節奏，別被牽著走。
什麼意思？
你馬上就知道了……
換他了！
來了！
是湯德灰！
最強高中生的打擊！

來吧，雜耍小丑，
讓我樂一樂吧！

STRIKE!
咦？他的球棒連動都沒動？
麻煩……
怎麼了？
那傢伙在等自己要的球種，
不急著出棒，耐心選球的打者實在不多，但峰生只是初學者……

而且很難纏。
哎呀呀……
往下掉的比預期多一點，不錯嘛。
這傢伙……他剛剛握棒姿勢瞬間換了？
別被他影響！專心投球！
隨他便，他想被三振的話就這樣吧……！

漂亮！
幹得好啊阿灰！
哼！
什麼無安打完封啊？

不過都只是剪出來的謊言而已，
賣藝的。
別被他挑釁了！專心投球！

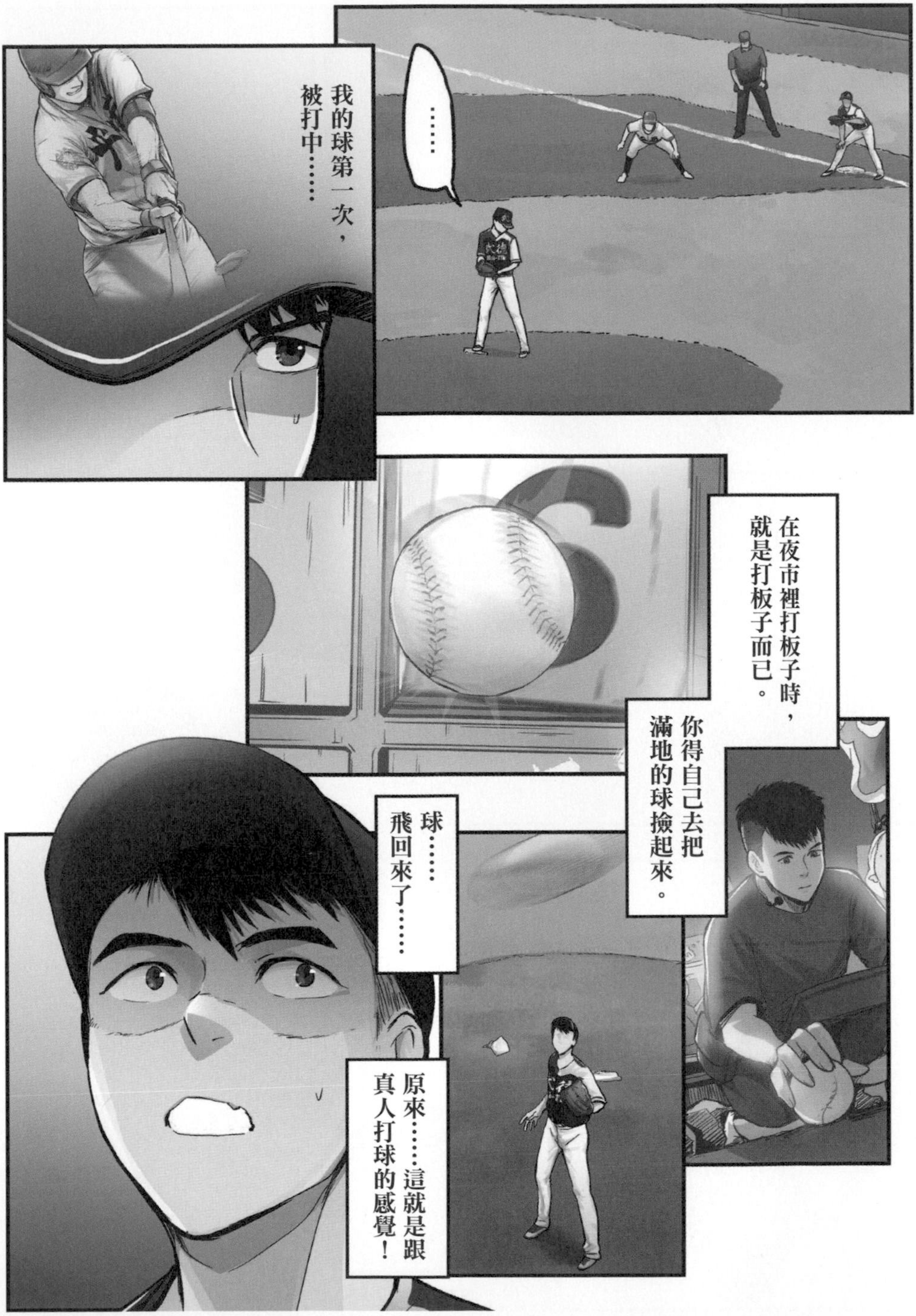
……
我的球第一次，
被打中……
在夜市裡打板子時，
就是打板子而已。
你得自己去把
滿地的球撿起來。
球……
飛回來了……
原來……這就是跟
真人打球的感覺！

……
沒被挑釁到啊，無趣。
那麼就來玩玩吧。
2.8 M
這傢伙的姿勢太過花俏投球時間比一般平均都還要多〇．五秒左右……
ストレート 変化球
15 1.30～1.35
25 1.27～1.33 1.35～1.40
26 1.30～1.35 1.35～1.40
34 1.40～1.45 1.45～1.50 牽制注意
1.40～1.50 1.45～1.55
1.30～1.50 1.35～1.50
1.35～1.40 1.40～1.45
1.35～1.40 1.40～1.45
1.40～1.45 1.45～1.55
1.25～1.30 1.35～1.45
咦!?

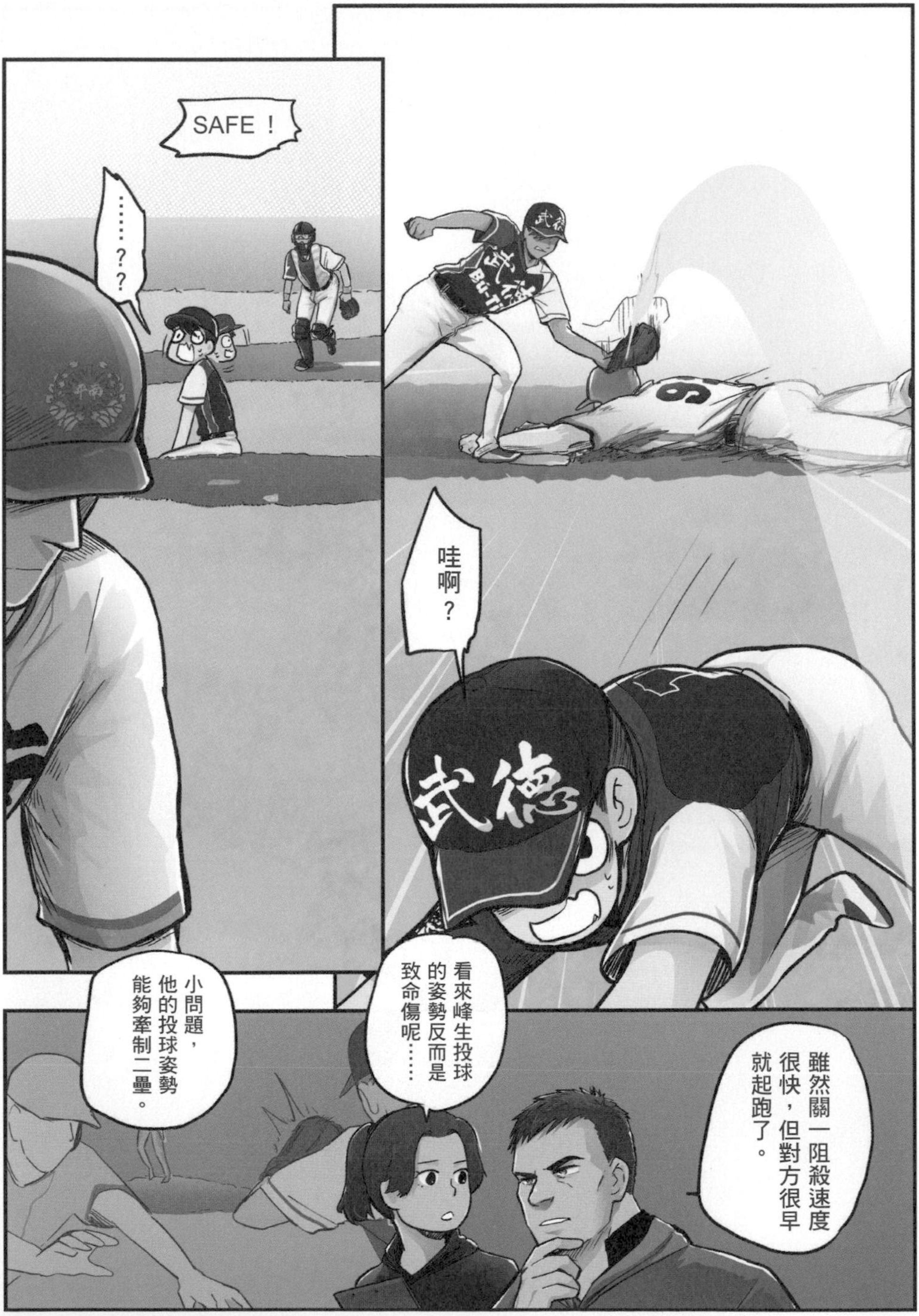
SAFE！
……？？
哇啊？
看來峰生投球的姿勢反而是致命傷呢……
小問題，他的投球姿勢能夠牽制二壘。
雖然關一阻殺速度很快，但對方很早就起跑了。

不好，馬上就被攻上二壘，這樣下去氣勢……
峰生？
這個時間點叫暫停？
怎麼了？有不舒服的地方嗎？
受傷了？
也才第一次被攻占二壘，
到底為什麼要喊暫停？受傷嗎？
那個……

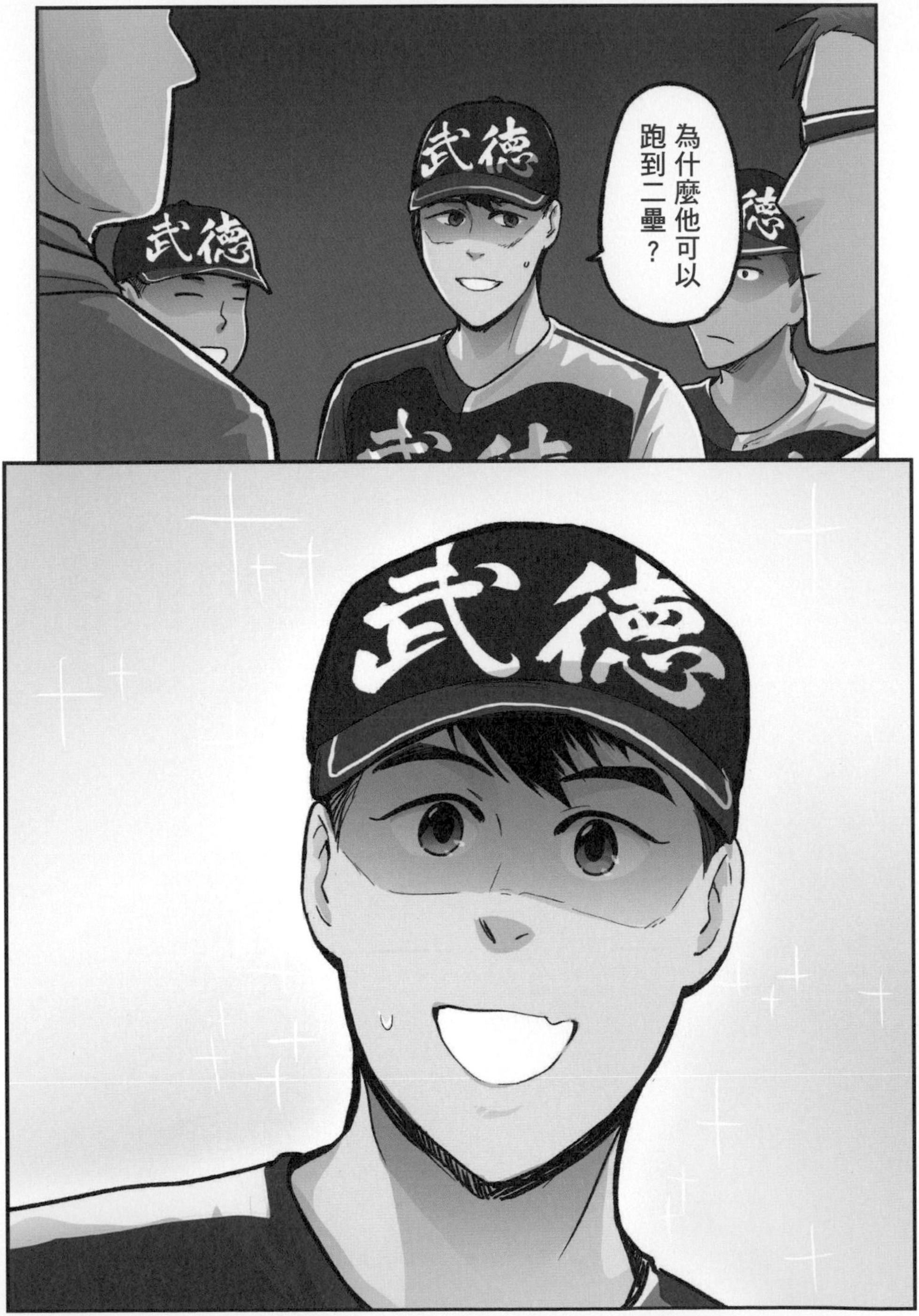
為什麼他可以跑到二壘？
武德
武德
武德
武德
武德

跑壘員在比賽進行中利用投手投球的時刻，
往下一個壘包先行起跑的動作，
如果成功則記為盜壘成功，如果失敗則記
為盜壘失敗。

第17回. 投手丘上的門外漢

這傢伙……真的完全不會打棒球！
你找來一個不懂規則的幫手？
規則……
每個臺灣人不是都有內建棒球規則了嗎？
食屎啦！
……？
遮住，不然會被讀唇語。
沒時間吵架了，
欸，現在到底怎麼辦？
△暫停時間只有30秒。

武德
沒錯，尤其不能被後面那傢伙識破。
圍過來一點！
不要給他偷聽。
？
德
沒錯，
現在什麼都不用解釋！
阿峰，聽好了！

不管他問候你哪一代祖宗，都別理他！
你別管湯德灰，不管他做什麼都不要管！
專心幹掉後面三個人就好！
三十秒到了喔。
其他人也是，
別被對方識破了。
好！
……馬上就同手同腳露餡了啦。
到底會用哪種戰術？
……
哼哼！會怕吧！
阿灰上壘給他們很大的壓力啊！

棒球，是個用頭腦打的運動。
若要謊言成真，首先就必須成為一個高明的詐欺者。
要演，就要演到最像才行。
99
武德
Bú-Tik

站那麼遠……
如果我傳球給阿南，
他會出局嗎？
但我可以傳嗎？
還是他會在我傳球
時回去？他在觀察
我的動作……
不要理他！
不管他問候
你哪一代祖先，
都不要理他！
你別管湯德灰，
不管他做什麼
都不要管！

幹得好！連盜兩個壘包！
就這樣跑回來吧！
謝啦，壘包歡樂送。

這傢伙……
有趣……

竟然敢完全無視本大爺！
呵、呵呵……Kàn！
轟轟
不管他做什麼，都不要理他，

專心幹掉後面三個人！
STRIKE OUT!
棒球從來不是一個人的運動，
就算個體精英再強，只要沒有人能串連安打……
武德
武德
BU-TIK

STRIKE OUT!!
三人出局，攻守交換！
Kàn……
怎麼會……
竟然連一個壘包都無法推進……
不會吧……
武德
武德
Bú-Tik
二局上半結束，武德高中二比零，領先平南高中！

阿峰！
無失分！
武德
Bú-Tik
做得好啊！
太厲害了！
就算裝得再從容，
但是那股壓迫感……
武德
……不舒服。
平南

怎樣都無法擺脫……
被當成「獵物」的感覺！
武
德
Bú

握緊
就算所有人都說他很強……
阿峰怎麼突然燃燒了？
打死我都不想讓那傢伙得分！
我就是不爽這種討人厭的傢伙啦——！
大概中暑了吧？
學弟們，你們到底在幹什麼？
是來打球還是來當電風扇的？
噫——對不起德灰學長！
狗咩那塞！
他的投球姿勢太詭異了！沒看過這種的啊！

彼个影片應該毋是假的，測速槍測到百二，伊真正有厲害。
百二擱按怎？
雅美蝶賢拜—
是緊甲掠袂著—nih。
毋但是速度緊……嘛真正歹掠。
歹掠？我就掠有啊！
莫共所有的人佮你這隻註定愛行棒球路的野獸提來比較啊。
毋過總算是予我拄著一个毋驚我閣敢和我對拚的人矣……呵呵。
你按呢笑親像歹人呢……
湯德灰，過來開會。

情報必須更新了。
也許你們會覺得全派一年級新生很冒失，
但對方只有兩個二年級生，完全沒有三年級。
這是場友誼賽沒有錯！
但別以為這樣就可以放水或隨便打！
你們出校門就代表平南！
如果打得太難看的話……
全部給我脫下身上的球衣，用跑的跑回臺南！
裸奔!?
哪尼？不要！兩百公里耶！
惡鬼啊啊！

可別分心落球啊！
哼，算了，下一輪再玩。
唉呦，好久沒看到阿灰那傢伙生氣囉。
他沒有真的生氣啦。
大概就是樂趣予人拍斷（被人打斷）的彼款（那種）囡仔性（孩子氣）。
總講一句，大家今仔日皮愛（要）繃較絚（緊）咧。
投手可以牽制、還可以騙跑者……

很久沒遇到不怕我的對手了，
真是有趣……
都是一群無趣的傢伙……
保送！
保送！
沒球打的比賽，只剩下盜壘的樂趣。
瞪

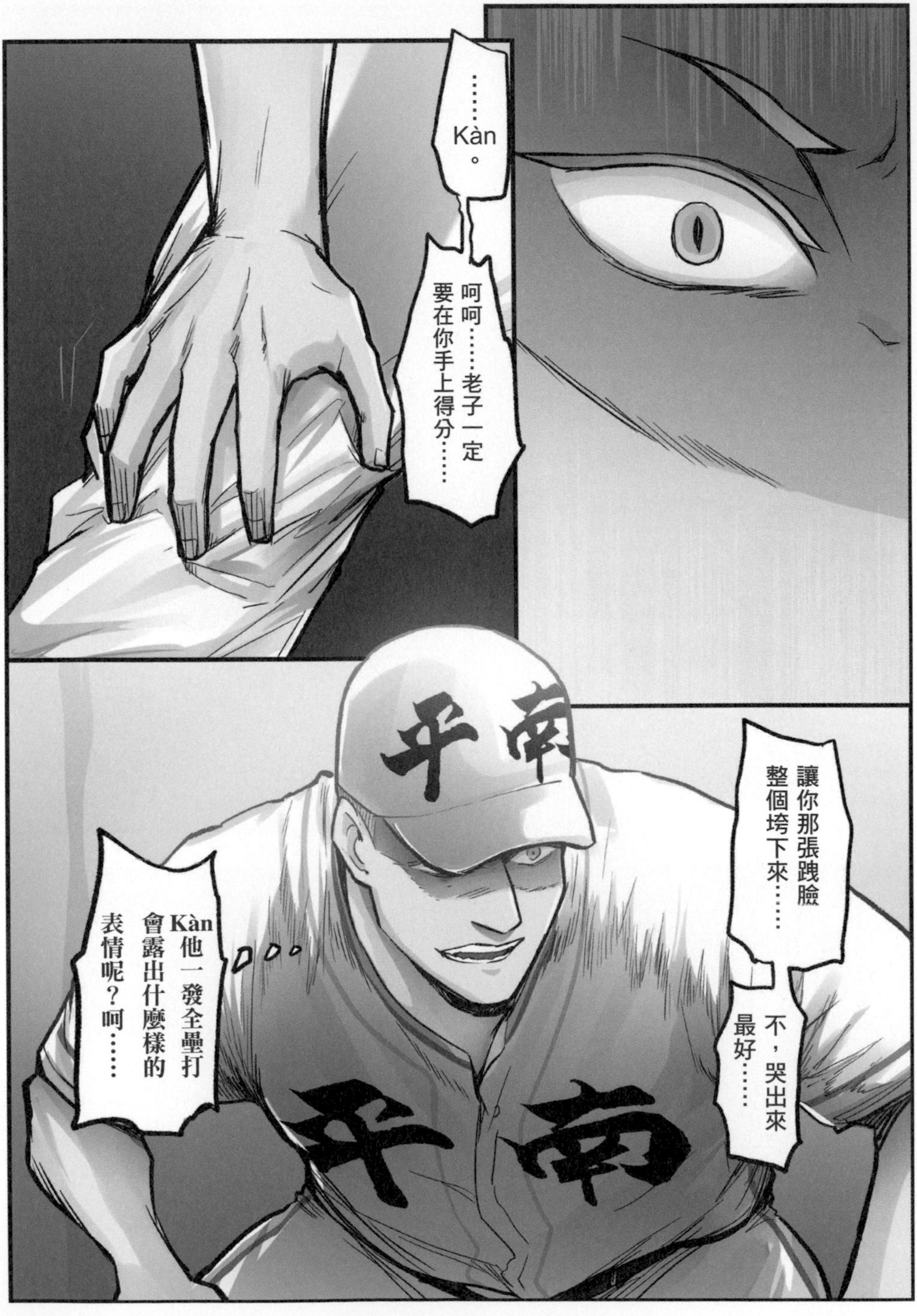
……Kàn。
呵呵……老子一定要在你手上得分……
平南
讓你那張跩臉整個垮下來……
不，哭出來最好……
Kàn他一發全壘打會露出什麼樣的表情呢？呵……
平南

糟……
刷
接殺出局！
幾乎是擊球瞬間就判斷出落點了！
可以在警戒區前輕鬆接球，真是厲害啊。
STRIKE!
STRIKE!
可惡，冷靜下來後就難對付了……？

峰生。
你只投三局對吧？
對。
既然是最後一局的話……
那我們偷偷玩點有趣的東西，別讓其他人知道。
……！
……！

真、真的假的？
真的。
政翟！來、下一球！
咦欸？幹嘛啊你怎麼突然這麼認真？
我猜猜看？
Kàn不要把我當捕手丟啊！
啊啊啊——
下一局你打算故意堆壘包，消耗他們的打者。
對吧？
但是我得提醒你，我們才領先兩分而已喔。
而且峰生連補位跟牽制都才剛學。
還是其實你根本……沒有要贏的意思？

也許我們贏不了，但我們不能輸。
況且，今天這場友誼賽的勝負並不是最重要的目的，對方也是這樣想的。
教練，這樣會被討厭的啊。
……但是，我很喜歡喔。
三人出局、攻守交換！
平南 0 0
武德 2 0
武德
Bú-Tik

第三局上半場開始！平南高中進攻！
咦？
欸？
啊？
欸欸欸？

怎麼……阿灰？
竟然來這招……呵呵……
太有趣了……
夠挑釁！我喜歡！哈哈哈哈哈！
……
竟然直接保送較沒威脅性的八九一棒……
直接滿壘……這樣賭很大耶，峰生是初學者……
我相信他可以，

關一也相信。
武德
Bú-Tik
看清楚了，就算堆滿壘包……
絕對能讓你半分也得不到！
平南

若不全力以赴，就別想輕易打倒對手！
棒球不是單人運動，別以為光靠一個一軍球員就能碾壓我們！

解決一個，還剩下兩個……
我們玩大點吧。
……！
如果這局你沒掉分……
教練就請你吃燒肉！
肉!!!
德
-Tik

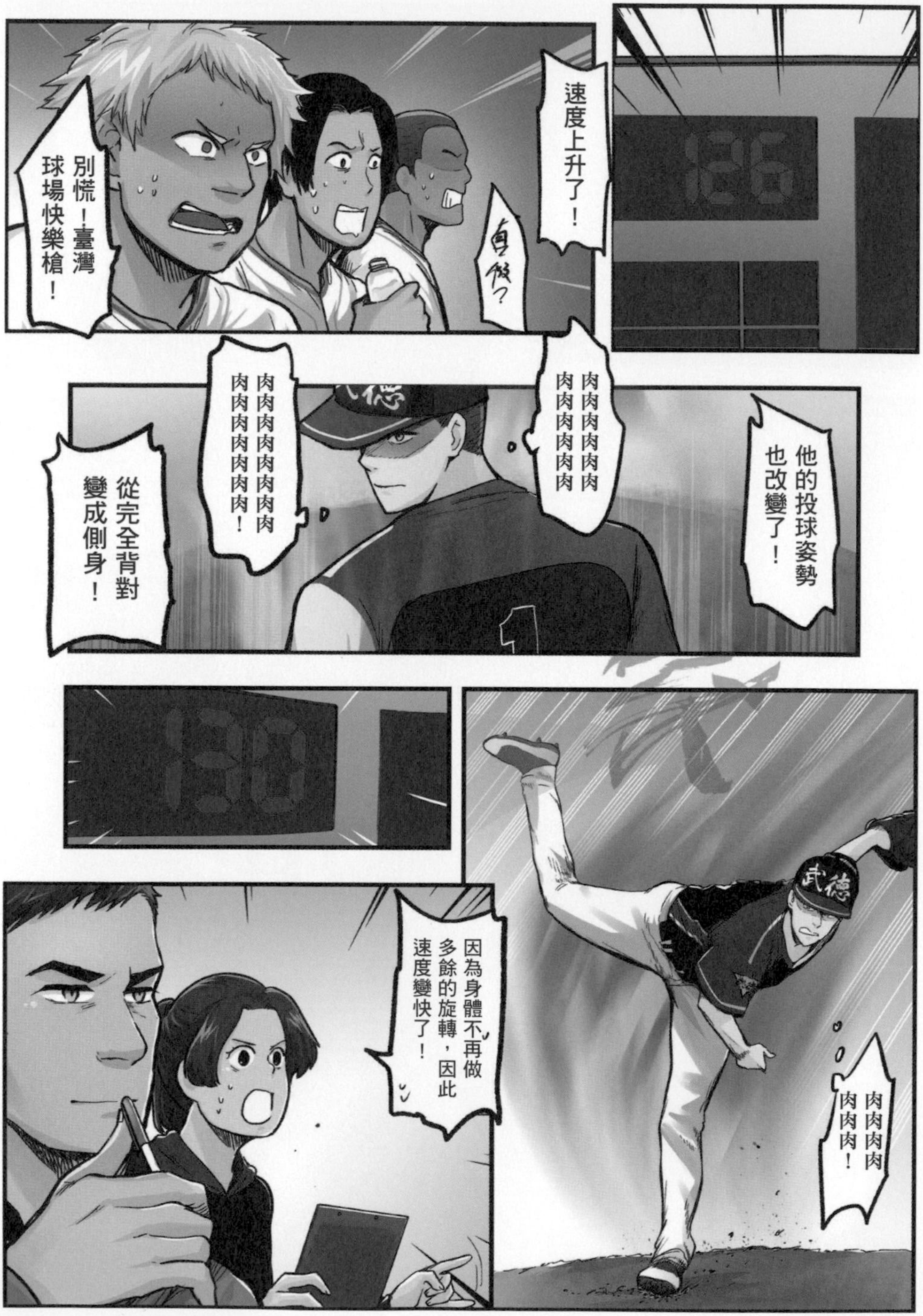
126
速度上升了！
真假？
別慌！臺灣球場快樂槍！
他的投球姿勢也改變了！
肉肉肉肉肉肉肉肉肉肉肉肉
肉肉肉肉肉肉肉肉肉肉肉肉肉肉肉！
從完全背對變成側身！
130
肉肉肉肉肉肉肉！
因為身體不再做多餘的旋轉，因此速度變快了！

沙
阿灰竟然在跟棒耶……
好稀奇！
好久沒看到了，平常都玩手機到最後一刻呢。
糟……！
雙殺！

雙殺！三人出局、攻守交換！
嘖。

幹得好。
我要吃〇馬！
好，隨你挑隨你點。
真的幹得非常漂亮，做得好。
你的任務結束了。

輝雪、巴度，去做投球熱身。
喔。
！
好。
……糟糕，
現在幾點了……？

湯瑪仕（17 歲）

身高　185cm

體重　90kg

英臺混血兒、英國留學生，擅長板球（英國讀書時會玩）。跟著父親（牧師）來臺灣派駐，不太會講中文，大部分時間都在教會幫忙。阿灰因為英文很好，就用「我們都姓湯」跑去搭訕他，之後兩人成為朋友。被阿灰拉去打棒球，但會嫌棄棒球太粗魯了點。
和德灰一起被排擠，德灰常去神學院找他，但從未被傳教成功。會一起去健身、逛街，兩人用臺語交談。

再加一局……？
不行只答應了三局，這次破例的話以後會一直被拗……
想洗對方臉可是會不會被反洗啊？
可是又想留下來。
又過了幾分鐘……糟糕裘裘應該已經回到家了！要快點吃飯準備收東西去擺攤……怎麼辦!?快點下決定啊！
好多內心戲。

第18回. 逃兵

下局首打席就是湯德灰……
再留一局……？不行，裘裘應該放學回到家了，路上車子也會開始多……
如果不現在離開去搭公車，可能沒辦法五點前回到家，還要載她去夜市……

動搖、猶豫，
抉擇吧，
每個人的人生都是
在這樣的抉擇中走
出來的。

第四局開始，平南進攻！
蛤？
那投手是誰？原本的那個傢伙呢？
才第三局你們換什麼投？
把他給我換回來！
阿灰你幹嘛？莫亂來！
學長你冷靜！
你們以為本大爺幹嘛陪你們玩啊！開什麼玩笑！

給我出來！
湯德灰真的生氣了……還好是去鬧對面……
就交給教練去傷腦筋吧。
阿灰！
大人大種的莫遐爾(別這麼)囡仔性……
我才剛要開始認真而已……好不容易才遇到個有趣的傢伙……
給我回來啊渾蛋！啊啊啊啊啊！
バカヤロ(馬鹿野郎)

公車上了，
再十五分鐘到。
你跑去哪裡？
我在家裡等
很久了耶！
我快餓死了……
自助餐也都
沒菜了啦！
等等我請妳
吃晚餐。
你最好快點，
不然等下阿母
又要碎碎念了。

我……為什麼會在公車上？
而不是站在剛剛的球場上？
一瞬間竟然有點無法反應過來。
第一次在職業球場打球，
第一次被對手擊出安打，
第一次……

想丟下工作，
留下來……
那個傢伙雖然很討厭，但是真的很強，
而且下一局開始就是他，我如果能留下來就能……
別傻了，裘裘在等你回去載她，而且老媽會生氣，
不早一點去的話，也搶不到好位子。
還要工作整個晚上……

峰生的票卡夾

工商服務時間？

第19回. 孤單的野獸

一年前 臺南
蛤？
窩補要！
窩在米國好補容易習慣了，為什麼要窩到臺灣念書啊！
德灰，較冷靜咧，我自細漢(小時候)就蹛佇(住在)臺灣……
而且為什麼是臺灣？尼鬨(日本)不是比較好嗎？
誰叫你從小把我送去尼鬨？
窩補能接受！

阿灰，這確實是我自私的安排無毋著(沒錯)，
毋過我希望你會當做一個臺灣人，學臺語按怎(怎麼)講。
至少佇(在)臺灣共(把)高中讀了(念完)。
補要。
爸爸答應你，你踮(在)臺灣共高中讀了(讀完高中)，我就送你轉去(回去)米國。
在米國讀高中較有競爭力！
拜託窩可是未來要打大師聯盟的人ㄟ！
咱兜(家)世代攏(都)是臺灣人，你連臺語攏袂(不會)曉講。
恁爸提(拿)綠卡佮(跟)櫻花卡！

你會有彼（那）兩張卡是因為恁爸有才調（辦法）娶恁老母！聽恁爸的話是會死-nih！
不然尼叫老母把窩塞回去啊！
客人……請冷靜！
好！毋聽話無要緊（沒關係），你先接受恁爸一个挑戰！你若贏，就隨在你（隨便）！
看你愛去米國還是日本攏會使（都可以）！
來啊怕尼！

是男子漢就喝下這碗我家巷口的虱目魚湯決勝負吧！
喝就喝！補過就是一碗湯！

J……
J葛是……
申し訳ございません（真的非常對不起），
お父さん（父親），
請讓窩到臺灣讀書吧！
土下座
果然是我的後生（兒子）！咱臺南人的血液內底除了糖佮（跟）棒球以外，猶閣（還有）有虱目魚啊！

※2：American Born Taiwanese

我小時候在日本有去東京巨蛋看過您的比賽！
哈哈，真懷念啊，我在東京巨蛋打球的時候……
平南
欸，教練好像很喜歡那個一年級。
不過就是國外回來的，給他點關照吧。
怎麼每個國家都有這種壞文化。

賢拜（學長），
窩比較粗魯些，如果有哪裡得罪，還請見諒。
對、
對不起……
尼看起來好像傷挺重的，大丈夫ですか（沒事吧）？

讓我來幫您看一下吧，
不、住手……
看起來是粉碎性骨折呢，沒休個一年可不行啊賢拜。
啊啊啊啊啊啊啊啊
補過窩毀找到人頂替尼的空缺的安心養傷吧賢拜。

加入棒球隊？
對啊，咱球隊突然缺人了，尼有板球底子應該打得不錯！
若袂(不會)影響著我教會的聖工，應該是會用得(可以)……你是按怎著傷(受傷)矣？
毋過你對來教會敢有興趣？
那麼明天早上球場見！窩會請教練準備尼的球衣跟裝備！
過程大概就是這樣，以我跟湯瑪士為中心的球隊在那年碾壓了中南部各聯盟比賽。
二年級時我當上球隊隊長，學長們都沒有任何意見。

不過也因為這樣就一直被保送，
沒球打，各種被異樣眼光看待，也就越來越少去球隊練習。
泡健身房，到處鑽巷子吃東西，
本來以為剩下的兩年都會這樣無趣，
時間到了我就能回美國……
……直到眼前出現了一個有趣的傢伙。

突然就一聲不響地消失……
你這傢伙跟逃兵有什麼兩樣啊！
打出球場……他真的只是高中生嗎……

哎呀，真是難看啊！
呵
不過也不能讓對方太好過呢，對吧肆天？

陽春砲！武德3：1平南持續領先！
那傢伙也太高大！應該跟湯瑪仕一樣吧？
力量也很優秀呢！
還是有點樂趣啊……
Bú-Tik
不過是一支面臨解散的隊伍……
落地形成安打！

給我拿出對得起身上這件球衣的實力！
想跑回去的傢伙我就成全他！
平南
可惡啊才不要用跑的！
啪
平南 4
武德 3
平南高中逆轉！
被幹幾分就想辦法幹回來啊！大家加油！

這球飛得很遠！
中外野手退到牆邊……
跳起來沒收了這個平凡的飛球！
太扯了！他怎麼可以跳這麼高！
平凡個屁啦！
就說我們臺南之光很強吧！
三人出局、比賽結束！

平南 27
武德 7
大家，幹得不錯！
擊出十四支安打，其中兩發全壘打，你們從對方手上搶下了七分！
對方是南部傳統勁旅，但你們呢？
沒有球場，得躲在橋下練球，
還找了很多新人來當球員！
嘿嘿人家很強吧★我最喜歡嚇別人了嘿嘿，好熱……

但是贏的還是對手，而且贏了整整二十分，我以為我們在打籃球，原來是棒球啊！
雖然贏不了，也不能認輸！知道嗎！
是！
好，大家把東西收一收，準備離開。
是！
今天辛苦了，是場好比賽呢。
能夠讓平南感到困擾……真不簡單啊！
不過你們的投手呢？我想採訪他，
他不是你們的正式球員嗎？
不曉得你們的狀況怎樣，不過我會很期待未來兩隊再碰頭的比賽啊！
……我會做好我該做的事情。
郭教練。

你在美國打球許久，帶兵風格與我截然不同，今天的確感受到了呢！
……？
感謝你們願意交流切磋，
我們明天也會和其他臺中的球隊進行聯誼比賽……
……
哪裡，您客氣了……
……對了，如果要多待一天，你們一個好所在，介紹可以帶孩子們去……
BINGO!!
喔？真的嗎？

這是我們當地最有名的霧川夜市的抵用券！
逛膩○中，又覺得○甲的人太多嗎？
歡迎來到霧川夜市！本夜市備有免費大型車輛停車場，以及各種臺中特色小吃及文創商品！
……
嗯，歡迎帶孩子們來走走。
好的，那就恭敬不如從命了。
期待以後能再次與你們交手。

今天確實地達成了最重要的目的……
湯德灰那傢伙多少會開始認真練習了吧。
教練真不愧是投手出身的呢！
就算退休了我們默契也還是一樣好！
GOOD JOB!!
Bú-Tik

夜市抵用券：
具有貨幣價值，但是只限
指定地點消費的票券類。
身為夜市管委會主委兒子
的關一，隨身攜帶也是很
正常的。

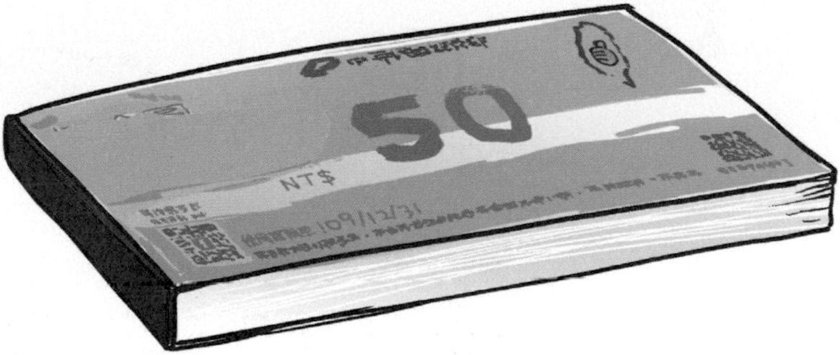

好擠⋯⋯

第20回. 燈火闌珊下的約定

是那傢伙！
唉……
牛排
臨陣脫逃算什麼英雄好漢啊……
根本浪費時間，虧我還跟健身房教練請假……
出來走走放鬆身心也不錯啊。
不管啦我超不爽！這樣跟套子都戴了卻沒有射有什麼兩樣！
……幸好你會戴套？
有啦！我床上資優生耶！
平南
平南
平南
平南

從小到大我性教育可是都拿滿分！
不是很想接這個話題……
……尊重伴侶也保護自己……
！
關一快來阿峰這！
！！
有外地來的學生在這邊鬧事！
快把球撿起來啊，老闆？

滴哩哩
啊!
怎麼這麼會挑時間,快過關了耶!
走了。
阿峰彼爿(那邊)出代誌(出事)矣。
又閣是伊?伊哪會遮(這麼)衰!
對啊……希望他這次不要再到處亂跑翻倒一堆東西了。
你幹嘛杵在這裡不去撿球啊?我們又不是不付錢。

聽說你之前關照過我們家濱衛了是吧？
把那個傢伙丟去VOCA高中果然是正確的，那沒用的東西。
濱衛……？
大概是那群貓耳其中一個吧。
算了不重要，只要等南山跟肆……
你們在幹嘛？
！
糟糕！
妨礙人做生意很好玩？
不、不是，
我們只是……不是你想的那樣！
噫……

以多欺少難道都不覺得丟臉？你們還穿學校制服做這種事！
誤會，不是這樣子……
讓其他縣市覺得「平南學生都這樣」很好嗎？
還是……需要我再「教育」一下各位學長？
不、不要！對不起！我做錯了！

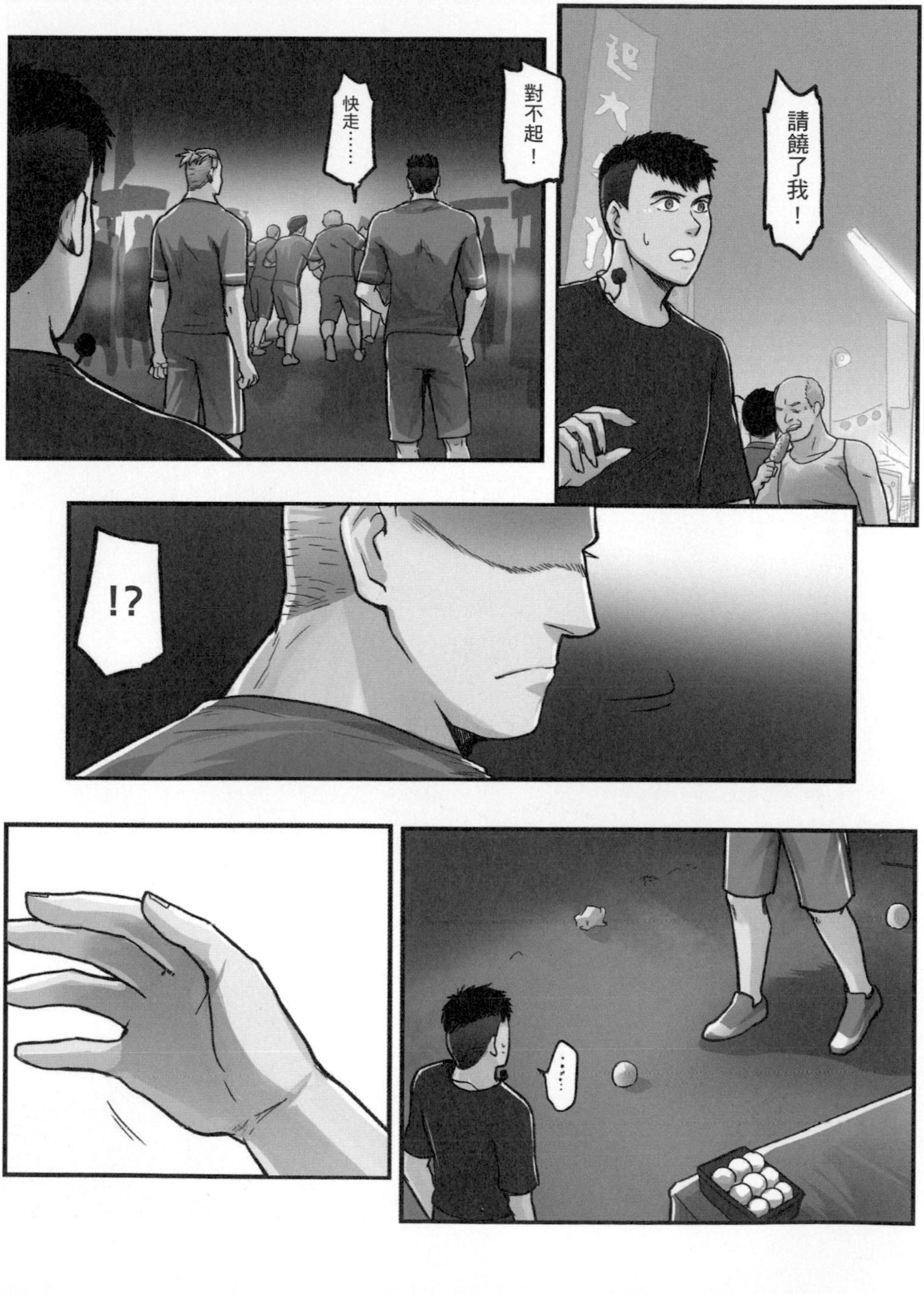
請饒了我！
對不起！
快走……
!?
……

!!
!?
嗚

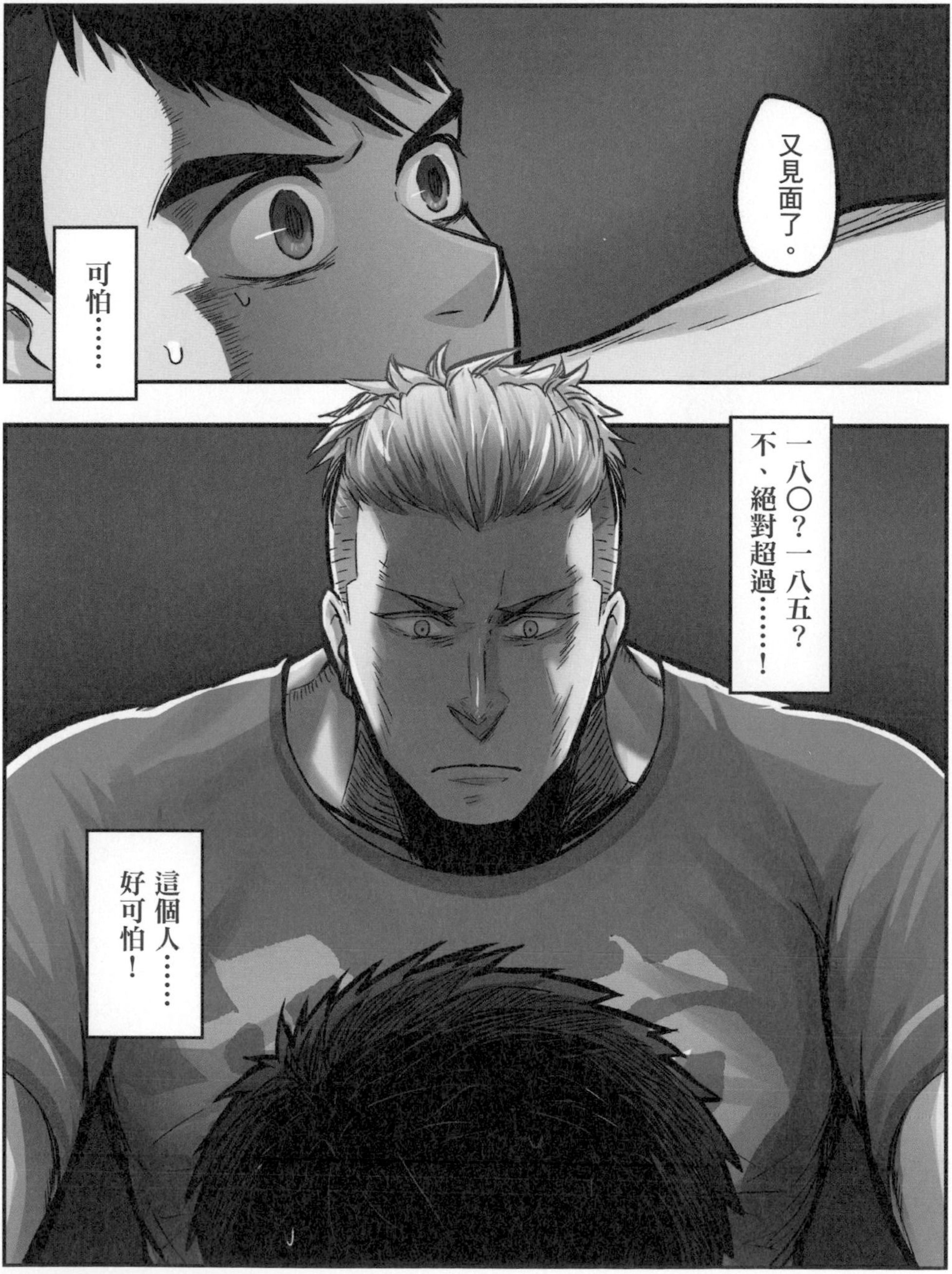

又見面了。
可怕……
一八〇？一八五？不、絕對超過……！
這個人……好可怕！

你在這種地方練球？
奇怪的投球姿勢是因為這樣來的？
力氣好大……
你球投得很好，
你以前是哪間學校的？
教練是誰？
完全沒辦法動……
啊你是啞口ㄧㄗ？
你才啞口！

會講話嘛，終於聽到你的聲音了。
糟糕……
嗚！
我這個人啊……
最討厭打球時沒打完就跑掉的傢伙了

這傢伙很瘦，身上沒多少肌肉……
前三局只能算是熱身而已，前戲都還沒做足，
我還沒享受到半點樂趣，你以為我會這樣放過……
但他的手很漂亮，骨節也大，難怪可以投出那樣的球……
而且掌心還有痣呢，呵……
放開我哥！
裘裘！

離我哥遠一點
我警告你！
妳去旁邊
別進來！
不要！
哎呀，現在是
演哪一齣？
這可不是今天最神氣
的湯德灰嗎？
全國最強的現役高中生，
在我們這大小聲是想要
幹什麼呢？
聽說有人在鬧事，
我們過來看看。

兄弟受到委屈，就是我的委屈！
等……你們誤會啊
我可以解釋。
躼跤的（高個子）
你共我恬恬。（給我住嘴）
你跟他同樣都是平南的，
難道我會傻傻地相信你說的話，然後大家就沒事開開心心回家？
怎麼可能啊，
Pe-h-tshi（白痴）
給我閃開！

代誌真正毋是按呢……
閃啦！
聽你聽我解說，真正毋是……
……
我說啊……
運動家精神必須要同時存在於球場內與外的，對吧？
我們夜市人也要做生意討生活的，
你們今天也贏了不少分數不是嗎？還想對我們兄弟做什麼呢？

我可沒要做什麼。
少騙人，你剛剛明明就抓著我哥在威脅他！
喔？看來事情很明顯了嘛～
不是這樣……
閃啦！再擋路我連你也打！
請先聽我解釋……
囉哩叭唆的煩死了！沒人要聽你廢話啦！
請不要這樣……
Kàn你這个阿啄仔（外國人）聽無臺灣話喔？閃啦！

不是他。
!!
……反正不是他幹的，沒事啦。
平南

阿南。
好啦，自己人都這樣講了。就相信你吧。
多謝。
嘖。
哥，真的嗎？可是我剛剛看到他……
等下再跟妳解釋。
真的？你不可以騙我喔！
真的，騙妳就請妳吃明天早餐。
沒事吧？
沒事啦，我看起來像有事嗎？
哪會知影（天曉得）逐擺（每次）出代誌的攏是你。

原來是誤會啊！謝天謝地，沒事就是好事！
不過做生意嘛，如果想繼續待著就要消費喔！
好啊。
大鈔……
妹妹，我們想要玩個幾局，可以嗎？
沒關係，收吧。
哥……
沒問題吧？有事情再Call我。
好。
自己小心點喔。

走了走了。
為了接下來的球季，
你們兩個還是不要受傷比較好。
而且我真的不確定你們跟他打會有多少勝算。
去他的勝算。
小聲點，這邊孩子很多。
你們繼續待著，看好阿峰，別讓他受傷。

他是我最重要的棋子。
仔細一看後才發現這兩個人也太高大了吧……
平南
平南
這、這籃先給你丟！
多謝妳，妹妹。
給你，
喔……
……

不悅
阿灰，你就先玩一下吧。
好啦。
我不是不懂投球，也當過投手……
!

我只是覺得，每個人都有自己的天賦，
我最高的天賦並不是站在投手丘上……
而你……我一看就知道了，
也一定有人這樣對你說過了吧……
你注定愛行（要走）這條路！

!?
!??
等、等一下他是什麼意思？投球？
他的意思是妳哥投球非常厲害喔，我們今天有一場比賽。
比賽？哥你跑去幫關一他們投球喔？
……
万、万帮……
是關一要我幫忙，你不要跟我妹講有的沒的！
唉呦，跟你妹妹說幾句話而已就這麼生氣，
有妹妹的可是人生勝利組耶，尤其是這麼可愛的妹妹。
啊，生氣了……

我這人啊，
沒有做不到的事，我想要的東西都能得到。
我想幹掉你，你懂這份孤單難耐的心情嗎？
你也想幹掉我，對吧？

不過顯然地，我們兩校實在沒什麼機會能再進行友誼賽……
你只能想辦法帶著你的隊伍爬上來了呢。
我非常期待能夠在「巔峰盃」跟你一決勝負，賣藝的。
南

欸，等一下！你才玩一局！
還沒有找你錢耶！
不用啦，剩下的當賠償損失。
蛤怎麼可以！不然你挑一隻娃娃帶走嘛！
不要，我想要的我會直接買。
……啊不然這樣子好了。

妹妹，把妳的帳號給我吧！有用梯羅逛(Telegram)嗎？
矮額你都這樣把妹的喔？
哪有把妹，交個朋友而已嘛！
這個吼？大頭貼好可愛吶，用什麼濾鏡？
妳也喜歡兔兔貼紙！我也喜歡！
你這傢伙，還不快滾……
矮由～
加一下好友幹嘛那麼生氣～
妹妹這麼可愛竟然藏起來是不想讓人家認識嗎？
……

我們先走了。
刪掉他然後封鎖，現在立刻馬上！
幹嘛，你偷偷幫關一打球的事情我都還沒問你耶，
而且人家知道你在這，又過來理論怎麼辦？
……
放心我應付得來啦，別跟老媽一樣愛操心！
叮
你妹我什麼大風大浪沒見過……
……他的大頭照為什麼是女裝？

沒事吧？
沒事，他們走了。
那就好，肆天說他想來警告你。
？
那傢伙很危險，你自己要小心。
……
他很強、很聰明，挑釁對他沒用。
他的目標……
是你。
……謝了。

小心那頭野獸。
妳哥沒事吧？如果我們學校的人又回去找麻煩，就告訴我，我會解決。
矮由，這麼罩。
……沒事啦，倒是我不知道哥哥在打球，他真的有在打嗎？
？
南

真的啦騙妳幹嘛
妳哥下次一定丟我
觸身球，才不敢騙妳。
真的假的啊～
噗～
開口閉口
都是哥哥……
真的，他很厲害，
我是為了他才從臺南
來跟他們比賽。
欸，那你不准
笑我哥喔。
……？
因為我們家境的關係，
他一下課就要幫我媽擺攤。
尼好忙喔…
難怪，
他只投了
三局。
真的，他很厲害，
我是為了他才從臺南
來跟他們比賽。
欸，那你不准
笑我哥喔。
他擺攤丟球很久了，
從我幼稚園時就幫忙
擺攤賺錢，如果你笑
他我會生氣。
輸入訊息...

賣藝的。
怎麼了？
……嘖。
沒、沒事。
……欸，問你。
請說。
我突然對自己很不爽，因為我挑釁那傢伙……但這感覺怪怪的。
我又沒做錯！但我就是不爽！
……
這動作也沒有違規啊！

……Respect
！
你可能感覺到對方其實真的很厲害，所以尊重他，
並且你也感覺無需要擱去做一寡（一些）小動作來影響比賽？
……別拿你們英國人那套來說教啦！
……那東西到底是什麼啊。
哈哈，還是用運動家精神會比較能接受嗎？
哈哈，那是偉大的運動員必定會具備的東西喔。
啥潲啦！

怎麼可能因為
那傢伙而產生
運動家精神啊……

第21回．剩下的人們

好想回球場練球喔……
要在這裡待多久啊？
我有聽說學校好像不喜歡球隊的樣子……
好像是，學長他們應該知道……
……
要讓學校重視最好的辦法，就是贏球囉！
我會想辦法讓球隊能贏球的！

阿峰！吃飯啦！
啊啊啊啊怎麼又出現啦！
又睡到午休了……
你又要拗我什麼了？
什麼拗講這麼難聽，這次沒有條件啦，總不能每次都拗你。
這樣講的話就一定有拗。

我問你，你想要打球、想要加入棒球隊嗎？
加入球隊？
是因為阿峰加入後就可以免費拗無限了吧？
你到底是站在哪邊的？
阿峰你不要聽他臭彈！
胡扯
我是真心誠意的！
你直銷喔？
你才直銷，你全家都直銷！
你要尊重阿峰啦，打球這麼辛苦的事
不行
袂使用騙的！
……
你跟我們打了幾場後，心中沒有燃起一絲熱血嗎？我知道你的靈魂深處一定有一份對棒球的渴望，現在就加入球隊，我們一起達成夢想吧！
我不能只當幫手就好嗎……
幫手？

你的意思是……
你只想當個幫手而已？
你怎麼在這？二年級不該出現在一年級的教室吧！
你有什麼資格說他啊？
你只想當個「幫手」？
穿著那個背號竟然只想當個幫手？
1
欸別鬧，我們該回教室了。

給我聽好了，這是戰場不是家家酒！是我們賭上整個人生的地方！
我們要的是就算落後也不放棄，願意戰到最後一球，比賽結束才落淚的戰士！
怎麼了？
二年級的……來找人吵架？
喂你別大聲嚷嚷……
你敢有彼个才調!?
你有這種能力嗎
不要隨便在人家教室裡大聲喧嘩，我們先走吧。
伊才是上無資格講這句話的人。
最沒有
對。

你幹嘛跟著我！
我們同班的啊。
嘖！
我們球隊的輸出算不錯，但完全沒有牛棚。
好投手難找，我們又有個從大師聯盟退役的教練。
這我當然知道！
如果峰生加入的話，就會有希望。
瞪
與其要我像隻可憐蟲，期待一個愛打不打的半吊子來幫忙……
不如讓我早早溺斃在絕望裡吧！
……你還記得，你國小的棒球隊上有幾個人？
……？
二十個。
那後來有升上國中體育班繼續打球的，有幾個？
五個。

那你國中體育班上有幾個人？
你問這種問題要幹嘛？
在國中三年中，沒有受傷，沒有被爸媽要求退出專心讀書……
現在還在打球的，又剩下幾個？
聽著，雖然歷史課時你可能在睡覺，
但就像我們祖先來臺灣那樣……
多少我們的同學在半路上就陣亡、被淘汰了？
沒能繼續打球的人，到底有多少？他們現在又去哪裡了？

你和學弟們都是努力堅持到現在的精英，
我是不會輕易放棄任何人的，只要還有機會我就不放棄。
……隨你。
反正當初已經說好由你來當隊長了。
哈哈。
嘩

欸阿峰，要不要一起去練球？我們就在學校後面的橋下練喔！
不要，我得趕回家。
好吧，那我去練球囉，掰掰～
掰掰。
……
只是順路過來看一下而已……
真的沒有要練球，就只是順路……
嘿！
！

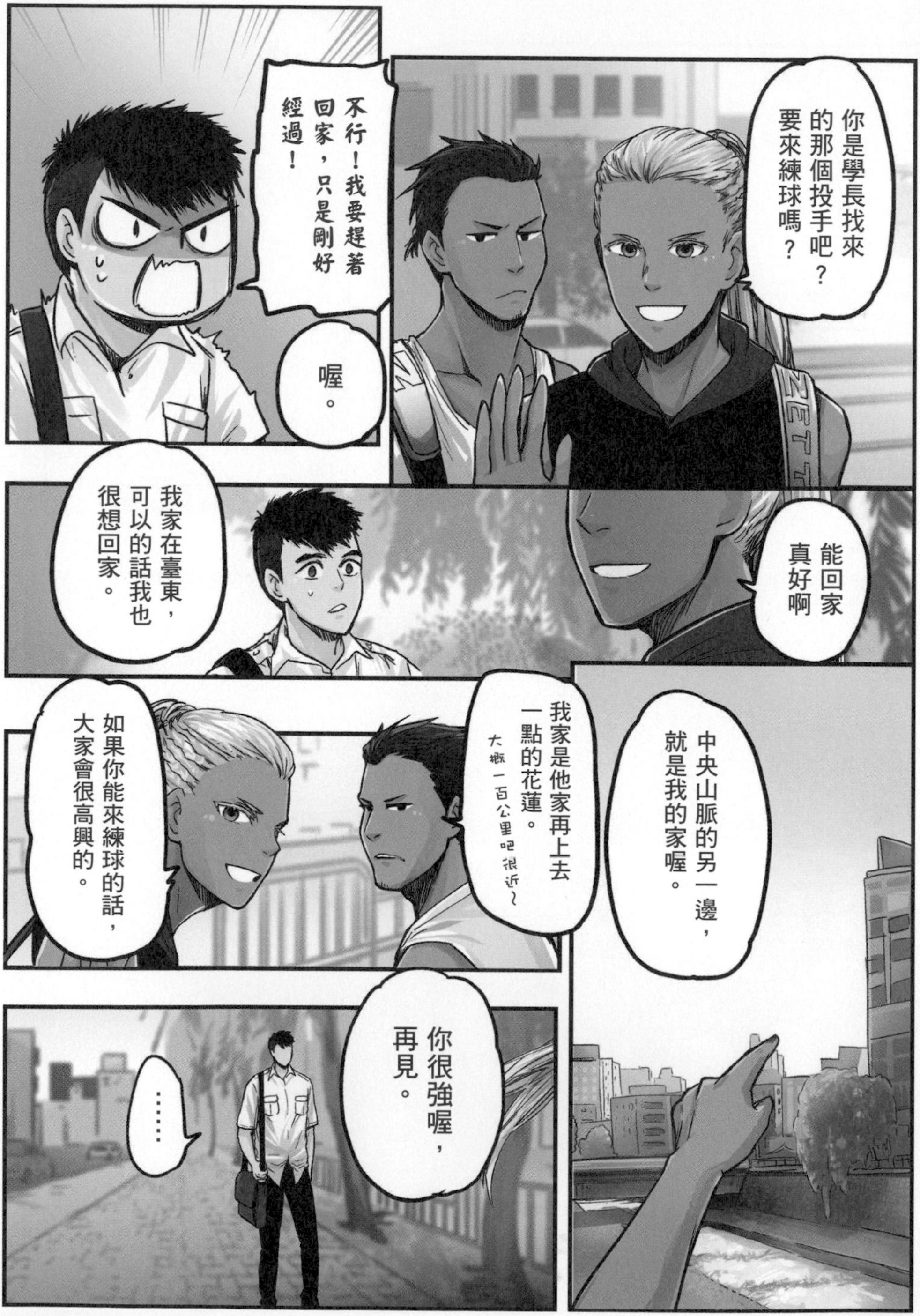
你是學長找來的那個投手吧？要來練球嗎？
不行！我要趕著回家，只是剛好經過！
喔。
能回家真好啊
我家在臺東，可以的話我也很想回家。
中央山脈的另一邊，就是我的家喔。
我家是他家再上去一點的花蓮。
大概一百公里吧很近～
如果你能來練球的話，大家會很高興的。
你很強喔，再見。
……

你來的話，
大家會很高興……
在期待我嗎……
嘩—
嘩—
嘎
嘩—
嘩—

你練得怎樣？
噫！
練什麼啦……我在擺攤哪、哪有時間練球！
也是，你白天上課晚上還要擺攤很累。
你該多吃點，現在是成長期的關鍵，
多睡，還有練個柔道或健身都很有幫助……
？
……我這樣是不是很差勁啊？
我不想加入棒球隊，但你還教我一大堆東西，
而且還拿器材給我練習，一直關心我什麼的……

可是，打板子跟實戰的感覺完全不一樣……
是不是要實際比賽才能變得更強……
你喜歡棒球嗎？
喜歡！
……！
……不討厭。
但是，我想要變強……
變強！
好。
好！
變強！

這是你每天的訓練菜單，我會先讓你參加地方聯盟大賽，直到你決定正式加入球隊為止，還有可以的話，請戒菸。
小秀這樣很危險不可以。
你坑都挖好就等我跳而已吧？
慢著這個菜單是開玩笑的吧！還神右咧!?
神右の法則
一百球訓練
跑步、肩膀、藥球訓練，直到累得跟狗
重量訓練，跑步，直到累得跟狗一樣
3：肩膀、腿，肩膀！
平日4：跑樓梯，練個傳球做做重訓
喝水，加強排汗
這個訓練表是職業球員日常訓練量的一半而已。
我才初學者耶！
湯德灰已經在做職業球員的訓練菜單了喔。
……你以為這樣說我就會乖乖做了嗎？
對。
……！

聽說湯學長除了學校訓練以外，還自己跑健身房。
而且他最近都準時來練習耶。
為什麼突然變得這麼熱衷？
想也知道，因為……
地方聯賽要開始了！

地方賽事：
諸義、鳳山、承天是參考以前
臺灣行政區的古名去命名，
歷史課本上某頁應該有。

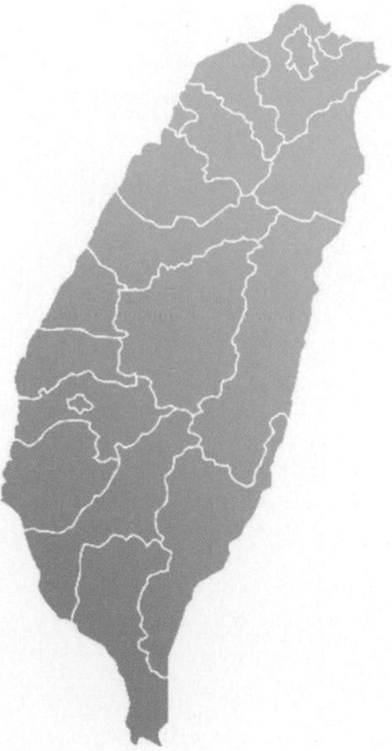

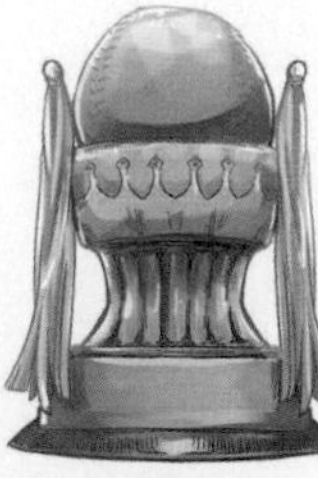

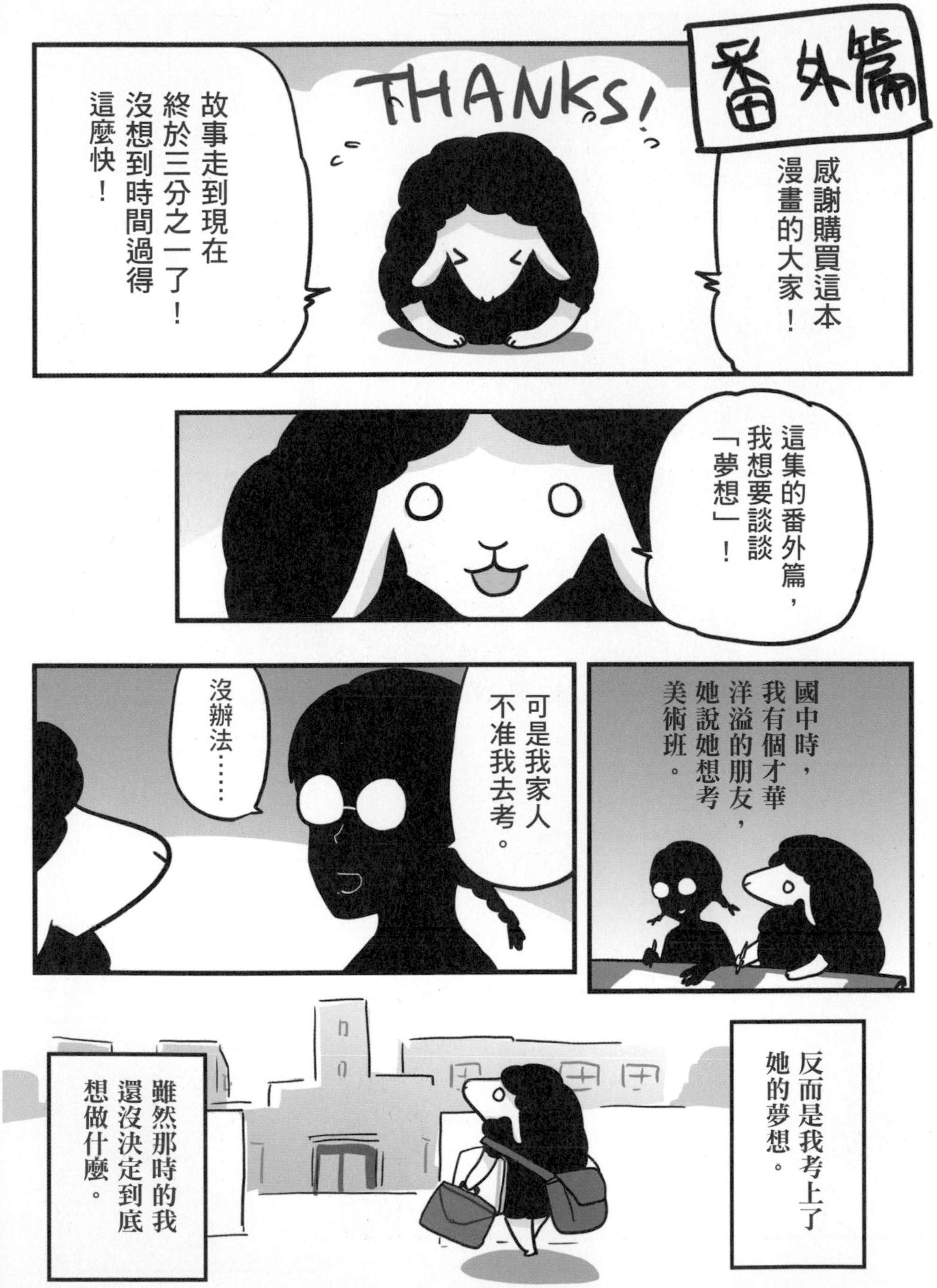
番外篇
THANKS!
感謝購買這本漫畫的大家！
故事走到現在終於三分之一了！沒想到時間過得這麼快！
這集的番外篇，我想要談談「夢想」！
國中時，我有個才華洋溢的朋友，她說她想考美術班。
可是我家人不准我去考。
沒辦法……
反而是我考上了她的夢想。
雖然那時的我還沒決定到底想做什麼。

大家都知道我只會畫漫畫但其他很弱。
你會畫漫畫對吧？上來示範衣領怎麼畫。
喀
喀
喀
畫這麼多線條才畫對。
剛好，我在高中的好朋友也是最會畫畫的。
這是一幅完美的漫畫。
NO.1

那時候我就
領悟到了，
我不是個天才，
老師的話一直
烙印在我心中。
可是我喜歡
畫畫，
所以我就一直
畫下去，
可能我底子差，
天分不夠，
環境也沒人好。
但我心中一直有
個想畫畫的夢想，
雖然很不明顯。
一直到大學
才決定
當個漫畫家，
之後發生了一些事
情，才明白自己要
走社會議題這條路。

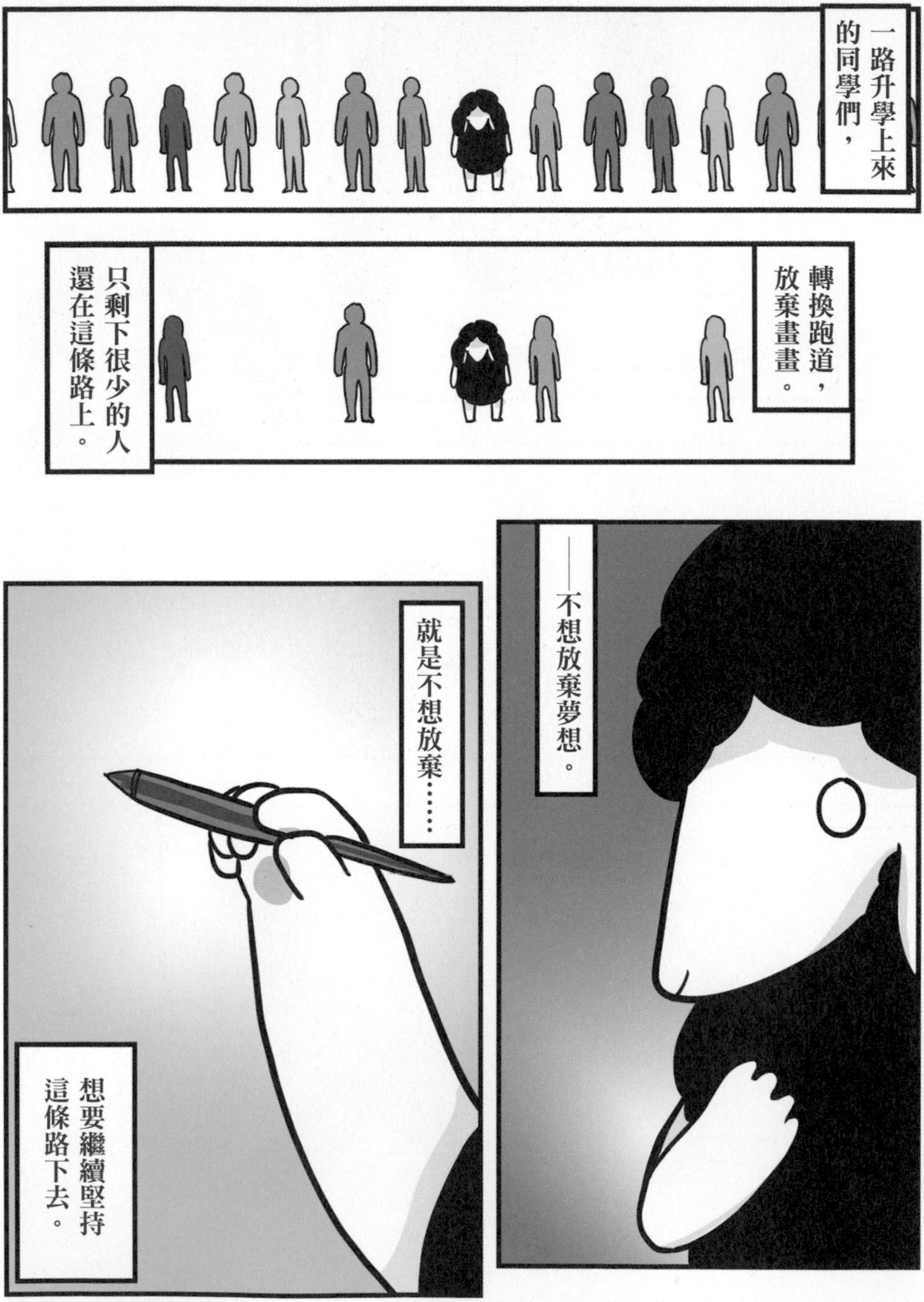
一路升學上來的同學們，
轉換跑道，放棄畫畫。
只剩下很少的人還在這條路上。
——不想放棄夢想。
就是不想放棄……
想要繼續堅持這條路下去。

主角林峰生，跟我的經歷，還有很多很多人的經歷都很像。
眼前有個很完美的目標，一切都做得比你好，
大家都說他非常厲害。
平南

第三集是峰生與
宿敵湯德灰的激戰，
刻意描寫成眾人皆知
的明日之星與初出茅廬
的 Nobody 之戰。
也許峰生還
太年輕，
還沒意識到
自己的天賦，
但是他發現
自己想要留在
球場上，
他開始有「想法」。

終於找到自己的戰場，
終於……有想要做的事情！
美術班、體育班……
讀這個未來是能做什麼？
或其他科班，我們面臨的問題都是一樣的。

夢想啊……
好久……沒想起這個名詞了啊。

做為一條被現實與工作壓榨過度的鹹魚，
還以為窮到只剩下理想了呢……。
雖然辭去工作，專心當個漫畫家有點冒險，
沒收入，吃老本一年了……
不過也讓人充滿幹勁呢！
好——！
我也要加油，把剩下的三分之二給完成！
今後也請各位多多指教了！

下集預告
大臺中地區最強隊伍爭霸戰！
地方聯賽開打！
武德

Fun 072

棒球人生賽 3rd

作　者—蠢羊（羊寧欣）
協　力—花栗鼠（韓璟）
主　編—陳信宏
責任編輯—王瓊苹
責任企劃—吳美瑤
美術協力—黃鳳君
臺文審定—薛翰駿、李盈佳
校　對—王瓊苹、廖培伶
贊助單位—文化部

編輯總監—蘇清霖
董事長—趙政岷
出版者—時報文化出版企業股份有限公司
一〇八〇一九台北市和平西路三段二四〇號三樓
發行專線—（〇二）二三〇六—六八四二
讀者服務專線—〇八〇〇—二三一—七〇五
（〇二）二三〇四—七一〇三
讀者服務傳真—（〇二）二三〇四—六八五八
郵撥—一九三四四七二四時報文化出版公司
信箱—一〇八九九臺北華江橋郵局第九九信箱

時報悅讀網—http://www.readingtimes.com.tw
電子郵件信箱—newlife@readingtimes.com.tw
時報出版愛讀者粉絲團—http://www.facebook.com/readingtimes.2
法律顧問—理律法律事務所　陳長文律師、李念祖律師
印　刷—和楹印刷有限公司
初版一刷—二〇二〇年八月十四日
定　價—新臺幣三三〇元

時報文化出版公司成立於一九七五年，並於一九九九年股票上櫃公開發行，於二〇〇八年脫離中時集團非屬旺中，以「尊重智慧與創意的文化事業」為信念。
（缺頁或破損的書，請寄回更換）

ISBN 978-957-13-8298-2
Printed in Taiwan

「從警消到基層體育，
用漫畫記錄屬於臺灣的故事」

《菜比巴警鴿成長日記》

定價：260　作者：蠢羊

犯錯吃懲處，破案有業績……想當隻好鴿，怎麼這麼難？
歡迎來到警鴿中正一分局！這裡有隻菜鴿——巴仔，巴仔雖然一身菜味但滿腔熱血，他立志要當隻好鴿、成為人民保鴿……

《棒球人生賽 1st》

定價：320　作者：蠢羊

走入臺灣夜市、宮廟、高中校園；與少年們，用棒球寫下熱血青春！
依霧川興建的武聖宮，廟口是人聲鼎沸的霧川夜市；少年阿峰在夜市裡擺九宮格，用棒球賺取生活費，今年才高一的他，並不打算繼續升學……

《棒球人生賽 2nd》

定價：320　作者：蠢羊

在絕望之中出現了一點星火，就用盡全力地點燃它吧！
初登板就展露驚人天分的阿峰，開始感受到棒球的魅力，因為要幫忙家計、謝絕所有課外活動的心也忍不住動搖了……